Arena-Taschenbuch
Band 2702

Renate Welsh

Besuch
aus der
Vergangenheit

Arena

In neuer Rechtschreibung

2. Auflage als Arena-Taschenbuch 2002
Lizenzausgabe der Verlage Nagel & Kimche AG, Zürich,
und Obelisk Verlag, Innsbruck – Wien, 1999
© Text: Obelisk Verlag, Innsbruck – Wien, 1999
© Für alle Nebenrechte: Verlag Nagel & Kimche AG, Zürich, 1999
Umschlaggestaltung: Agentur Bayerl & Ost, Frankfurt, unter
Verwendung eines Bühnenfotos von E. Bergner, 1929,
und eines Fotos von © Mauritius
Gesamtherstellung: Westermann Druck Zwickau GmbH
ISSN 0518-4002
ISBN 3-401-02702-6

Lena rannte die Treppe hinauf, den Schlüsselbund in der Hand. Vor der Wohnungstür stand eine fremde Frau und betrachtete das gemaserte Holz, als stünde sie vor einem besonders interessanten Bild. Sie drehte sich um, schien verlegen.

»Guten Tag«, sagte Lena höflich. Die Frau war bestimmt mit ihrer Mutter verabredet und die hatte sich wieder einmal verspätet, wenn sie den Termin nicht überhaupt vergessen hatte, das kam öfter vor in letzter Zeit. »Wollen Sie in Mamas Arbeitszimmer warten?«

Die Frau schüttelte den Kopf, ihre Hände flatterten.

»Ich komme nicht zu deiner Mutter, ich wollte nur sehen, wo ich früher gewohnt habe«, sagte sie, »vor sechzig Jahren, nein, einundsechzig sind es schon. Kaum zu glauben.«

Sie redete langsam, als müsste sie jedes Wort einzeln einfangen. Die Frau war kaum größer als Lena, graue Haare umrahmten ihr schmales Gesicht in drei perfekten Wellen. Sie hatte die größten Augen, die Lena je gesehen hatte, mit scharf abgesetzten schweren Lidern. Großmutter, warum hast du so große Augen? Blödsinn. Die Frau war sympathisch.

»In unserer Wohnung haben Sie gewohnt?«, fragte Lena.

»In *unserer* Wohnung«, sagte die Frau. »Damals war es unsere Wohnung.«

Lena sperrte auf, knipste den Lichtschalter an.

Die Frau schnappte nach Luft, ihre Hände zitterten.

»Ist Ihnen nicht gut?«, fragte Lena.

»Es ist nur . . . die Lampe . . .«

Lena hob den Blick. Die Ampel war immer da gehangen, dunkles Metall, viereckig, mit drei Schnüren aus Glasstäben. Die vierte Schnur hing nackt herunter. Einmal im Monat sagte Mama, sie habe ein Altwarengeschäft entdeckt, wo einzelne Glasstäbe im Fenster lagen, sie müsse endlich die fehlenden besorgen, und die Ampel gehöre dringend geputzt, wahrscheinlich sei sie aus Messing, und es sei eine Schande, das gute Stück so vergammeln zu lassen. Aber warum starrte die Frau so entgeistert?

Lena wusste nicht recht, was sie jetzt tun sollte, sie konnte doch der Frau die Tür nicht vor der Nase zumachen.

»Mein Zimmer war das letzte links.« Die Frau sprach sehr leise. »Das mit dem Balkon. Gibt es den noch?«

»Ja«, sagte Lena. »Das ist jetzt mein Zimmer. Wollen Sie es sehen?«

Die Frau folgte Lena, blieb auf der Schwelle stehen, lehnte sich gegen den Türstock.

»Mein Gott!«, flüsterte sie. »Sogar das Klavier steht

noch da.« Sie bemühte sich um einen normalen Ton, es gelang ihr nicht ganz. »Spielst du schon lange?«

»Seit drei Jahren.«

»Gern?«

»Spielen schon, üben nicht.«

Die Frau nickte. »Ich wollte auch nie üben. Später hätte ich wer weiß was dafür gegeben, üben zu dürfen. Vor ein paar Jahren habe ich mir wieder ein Klavier gekauft, aber da war es zu spät.« Sie streckte die Finger aus. Jetzt erst sah Lena, wie knotig ihre Gelenke waren.

»Darf ich?«, fragte die Frau.

»Klar.«

Lena öffnete den Deckel. Die Frau strich über die Tasten, schlug einen Dreiklang an. Ein Schlüssel knirschte, die Wohnungstür knallte ins Schloss. Die Frau zuckte zusammen.

»Das ist meine Mutter«, erklärte Lena. »Die hat's immer eilig.«

»Lena! Wer ist da, hab ich eine Verabredung vergessen?«, rief die Mutter. Lena wusste nicht, was sie sagen sollte, sie kannte ja den Namen der Frau nicht. Da stand die Mutter auch schon neben ihr.

»Ja, bitte?« Die Mutter fasste nach Lenas Hand, musterte die fremde Frau. Lena hatte plötzlich das Gefühl, etwas Verbotenes getan zu haben. Auch die Frau wirkte verlegen: »Entschuldigen Sie, dass ich hier eingedrungen bin. Eigentlich wollte ich das Haus nur von außen ansehen, da stand das Tor offen, und ich musste einfach hinaufgehen. Ihre Tochter war so lieb und hat mich in die Wohnung gelassen.«

»Lena, wie oft habe ich dir schon gesagt . . .«, die Mutter brach ab, als ahne sie plötzlich, wer die fremde Frau war.

»Ich habe mich gar nicht vorgestellt. Emma Greenburg aus Vancouver. Ich habe vor vielen Jahren hier gewohnt. Wäre es sehr unverschämt von mir, Sie zu bitten, ob ich vom Balkon hinunterschauen dürfte?«

»Aber selbstverständlich«, sagte die Mutter rasch, bemerkte anscheinend erst jetzt, dass die Besucherin die Hand ausgestreckt hatte und sie nun langsam sinken ließ. Knapp bevor die Hand den Rock erreichte, griff die Mutter danach, schüttelte sie und sagte: »Monika Leindorf. Sie trinken doch eine Tasse Tee mit uns? Ich setze Wasser auf. Inzwischen führt Sie Lena auf den Balkon.«

Die Mutter verschwand in der Küche. Frau Greenburg trat hinaus auf den Balkon, beugte sich weit übers Geländer. »Wie riesig die Kastanien geworden sind«, sagte sie. Ihre Finger umfassten das Geländer, die Knöchel traten hervor.

Lena zeigte ihr den roten Lappen in der Krone, der einmal ein Luftballon gewesen war. »Der stammt von meinem letzten Geburtstag.«

Unten im Hof stolzierte eine Krähe, hackte immer

wieder mit dem Schnabel zwischen den Grasbüscheln in die Erde. Frau Greenburg atmete tief ein, stieß langsam die Luft aus.

»Der Tee ist fertig!«, rief die Mutter.

Frau Greenburg betrachtete den Rost auf ihren Handflächen. Lena führte sie ins Badezimmer, reichte ihr ein Handtuch. Frau Greenburg warf einen Blick in den Spiegel, schüttelte den Kopf, als hätte sie ein anderes Gesicht erwartet.

»Unsere Badewanne damals hatte Löwenfüße«, sagte sie. »Der Badeofen war aus Kupfer, man konnte sich darin spiegeln, aber verzerrt, mit Glubschaugen und riesigem Mund. Die Fliesen waren weiß mit einer blauen Bordüre. Heute früh hab ich das noch nicht gewusst, jetzt sehe ich es vor mir.« Sie trocknete sich die Hände.

Auf dem Tisch standen vier Teetassen, die dünnen weißen mit blauen Blumen. »Milch oder Zitrone?«, fragte die Mutter.

»Gar nichts, danke. Der Tee duftet köstlich.«

Frau Greenburg hielt ihre Tasse in der Hand und betrachtete sie. Die Mutter blickte suchend im Zimmer umher. Als es klingelte, sprang sie so schnell auf, dass ihr Stuhl beinahe umfiel.

Großmutter kam ins Zimmer. »Stell dir vor, Oma, Frau Greenburg hat einmal hier gewohnt«, sagte Lena.

»Bis ich etwa so alt war wie Ihre Enkelin jetzt«, sagte Frau Greenburg. »Du bist doch vierzehn?«

»In sechs Wochen.«

»Dann stimmt es fast genau. An meinem vierzehnten Geburtstag waren wir schon auf der Flucht.«

Oma trat zum Tisch, stützte beide Handflächen auf die Platte.

»Setz dich doch, Mama.«

»Ich stehe lieber.« Oma blickte auf die Sitzenden herab. »Bevor Sie auf falsche Gedanken kommen, Frau Grünberg . . .«

»Greenburg«, berichtigte die Mutter.

Oma wischte den Einwand weg. »Bevor Sie auf falsche Gedanken kommen, möchte ich Ihnen sagen, dass wir diese Wohnung nicht von den Nazis haben. Wir haben sie 1963 gekauft, zu einem Preis, der damals drei Jahresgehältern meines Mannes entsprach. Und was wir hineinstecken mussten, verlottert wie die Wohnung war. Irgendwann muss Schluss sein.«

Frau Greenburg stand auf. »Ich gehe jetzt besser.« Sie wandte sich an die Mutter. »Danke für den Tee.« Ihre Mundwinkel zuckten. Die Mutter sagte irgendetwas, Lena hörte nicht zu, sie versuchte zu begreifen, warum sich Oma so gemein angehört hatte. Sie schluckte mehrmals, sah, dass auch Frau Greenburg schluckte. Die Mutter begleitete sie hinaus. Oma war ans Fenster getreten. Als Lena aufstand und zur Tür ging, sagte sie scharf: »Du bleibst da!« Ihr Rücken war gerader als sonst.

Lena stand noch immer mit der Hand auf der Klinke, als die Mutter ins Zimmer zurückkam.

»Mama, wie konntest du nur . . .«

Ohne sich umzudrehen, sagte Oma: »Ich wünsche nicht darüber zu sprechen.«

»Aber Mama . . .«

»Bitte!« Diese Schärfe in Omas Stimme hatte Lena noch nie gehört. Sie rannte aus dem Zimmer, warf die Tür hinter sich zu. Omas vorwurfsvolles »Lena!« tönte hinter ihr her.

Was war in die Oma gefahren? Oma, die so großen Wert auf Höflichkeit legte. Wahrscheinlich hatte Veronika doch Recht, die immer behauptete, es gäbe nur zwei Sorten von Erwachsenen, die Bösartigen und die Verrückten, und man wäre als Jugendliche mit den Verrückten noch ein bisschen besser dran, die hätten wenigstens ab und zu helle Momente.

Lena packte ihre Hefte aus, schrieb das Datum, da streikte der Filzschreiber. Die Patrone der Füllfeder war auch leer, und wenn Lena mit Kugelschreiber schrieb, wurde ihre Schrift krakeliger, als sie ohnehin schon war. Ein Glück, dass Herr Kattner sein winziges Schreibwarengeschäft im Haus hatte. Zwar drohte er mindestens einmal pro Woche, demnächst in Pension zu gehen, aber jeden Morgen um Punkt acht ratterte der Rollbalken hoch, dann klirrten die vielen Schlüssel, Herr Kattner räusperte sich, wählte bedächtig drei Schlüssel, sperrte die drei Schlösser an der Tür auf und betrat zufrieden seufzend seine winzige Schreibwarenhandlung.

Herr Kattner war schon oft Lenas Rettung gewesen, wenn sie im letzten Augenblick etwas brauchte.

Ein alter Mann mit einem winzigen Hund unter dem Arm stand im Laden und unterhielt sich mit Herrn Kattner.

»Nie im Leben kommen Sie drauf, wer vorhin hier war«, sagte Herr Kattner. »Nie im Leben!«

»Der Kaiser von China«, schlug der Mann vor, dann »der Bundespräsident mit Gattin«.

Herr Kattner lachte. »Ich sag ja, Sie kommen nicht drauf. Die Tochter von Kassowitz!«

»Nein.«

»Doch. Natürlich habe ich sie nicht erkannt, sie mich schon, sie hat behauptet, ich sähe genauso aus wie mein Vater, nur der Schnurrbart fehle.«

»Was wollte sie?«

»Nichts. Nur so vorbeischauen.«

»Sagt sie. Wer's glaubt, wird selig. Die wollen immer was. Steht auch in der Zeitung. Gestern erst wieder. Ist doch sonnenklar. Die will ihre Wohnung zurückhaben.«

»Sie lebt in Kanada. Was braucht sie eine Wohnung in Wien? Wenn sie nach sechzig Jahren zum ersten Mal wiederkommt, ist das Hotel bequemer.«

»Nein, nein, die kommt nicht einfach nur so. Die Juden haben alle einen Hass auf uns, auch wenn sie etwas gar nicht brauchen, nehmen sie es.« Der Mann bekam einen schmalen Mund, nickte mehrmals. »Mir erzählen Sie da nichts. Irgendwann muss Schluss sein.«

Das hatte Oma auch gesagt. Schluss womit?

Herr Kattner stützte sich auf das Verkaufspult. »War schon schlimm, damals, der Lastwagen voller Juden war noch nicht um die Ecke gefahren, da sind die Leute aus dem Haus in die Kassowitz-Wohnung gestürmt und haben weggeschleppt, was sie nur tragen konnten. Eine Schande, hat mein Vater gesagt, da hat ihn der Hirt, der später Blockwart wurde, angeschaut, hat auf das Parteiabzeichen mit dem Hakenkreuz gezeigt, das er schon seit Jahren trug, und meine Mutter hat den Vater schnell weggezogen.«

Der Alte nickte. »Schlechte Zeiten waren das, der Hunger, die Angst . . . Was wir alles mitgemacht haben, während die sich in Amerika satt gegessen haben, man mag gar nicht daran denken.«

Der kleine Hund bellte. Es klang nicht sehr überzeugend.

»Viele haben es nicht bis Amerika geschafft und sind umgekommen«, sagte Herr Kattner.

»Das mag sein, aber vorbei ist vorbei, der Mensch ist eben dem Menschen Wolf, wie schon der Dichter sagt.« Der Mann runzelte die Stirn, blickte nach oben, seufzte.

Herr Kattner wandte sich an Lena. »Jetzt hast du aber lange warten müssen.«

»Ich habe es nicht so eilig. Die Hausaufgabe rennt mir leider nicht davon.« Herr Kattner lachte.

Im Treppenhaus stürmte Oma mit rotem Kopf an Lena vorbei. Mama stand am Wohnzimmerfenster und zerknitterte den Vorhang zwischen ihren Fingern.

»Mama . . .«

»Lass mich jetzt bitte in Ruhe.«

Auch gut. Lass ich dich in Ruhe. Ihr habt also gestritten. Lena zog sich aufs Klo zurück, irgendwann fiel ihr auf, dass sie dasaß wie der Denker von Rodin, den ihr Vater früher unter der Glasplatte auf seinem Schreibtisch liegen hatte: den Ellbogen auf das Knie gestützt, das Kinn auf dem Handballen. Sie musste über sich selbst grinsen, sah sich von außen, komisch klein, wie aus großer Entfernung.

Als Lena längst über ihren Hausaufgaben brütete, stand plötzlich Frau Greenburgs Gesicht vor ihr, dieses fassungslose Entsetzen in ihren Augen, als Oma gesagt hatte, irgendwann müsse Schluss sein. Sie wollte aufspringen, zu Frau Greenburg fahren, ihr sagen . . . was? Dass es ihr Leid tat? Dass sie sich für ihre Oma schämte? Dass sie sich für ihre Familie entschuldigen wollte? Wer sagte denn, dass Frau Greenburg sie überhaupt sehen wollte? Und wo sollte sie nach ihr suchen?

In diesem Zimmer hatte Frau Greenburg geschlafen. Wahrscheinlich war ihr Schreibtisch am selben Platz gestanden, weil hier das beste Licht war. Hatte sie auch so oft zum Fenster hinausgeschaut und geträumt statt ihre Aufgaben zu machen?

Eines Tages waren Leute gekommen, Nachbarn, Nachbarinnen, Menschen, die sie kannte, hatten in ihren Sachen gewühlt, ihre Tagebücher gelesen, ihre Unterwäsche herumgestreut, auf ihren Geheimnissen herumgetrampelt.

Woher willst du wissen, dass sie Tagebuch geführt hat? Bestimmt hat sie Tagebuch geführt.

Hat sie das?

Sie konnte doch mit niemandem sprechen. Für die Freundinnen, falls sie welche hatte, war sie nicht mehr Emma, sondern die Jüdin. *Das Tagebuch der Anne Frank.* Natürlich, das war der Grund, warum sie so sicher war, dass Frau Greenburg Tagebuch geführt hatte. Wenn Anne lebte, wäre sie jetzt so alt wie Frau Greenburg. Durchaus möglich, dass sie so aussehen

15

würde wie Frau Greenburg mit ihren riesigen Augen und dem schmalen, faltigen Gesicht. Wenn Anne lebte, könnte sie eine Enkelin haben, die neben Lena in der Schule säße, vielleicht ihre Freundin wäre.

Und wer sagt, dass sie deine Freundin sein wollte? Die Freundin der Enkelin einer Frau, die so mit der Großmutter von Anne Frank geredet hätte wie mit Frau Greenburg?

Unsinn. Was gehen uns unsere Großmütter an?

Aber gerade wegen ihrer Großmutter wolltest du sie kennen lernen!

Nein.

Doch.

Aufhören. Stopp. Ende.

Die Mutter klopfte an Lenas Tür. Seit wann fand sie es nötig, anzuklopfen? »Komm doch rein.« Die Mutter blieb auf der Schwelle stehen. »Du, es tut mir Leid wegen vorhin.«

»Ist schon gut.«

»Nein, ist nicht gut, ich möchte dir gern erklären . . . Aber es ist so schwierig . . .« Die Mutter stotterte selten, jetzt blieb sie fast bei jedem Wort hängen. Lena drehte sich in ihrem Schreibtischsessel um, sah die Mutter an, die sich mit zehn Fingern durch die Haare fuhr, ihr Ohrläppchen knetete, an einem Nagel zupfte.

»Weißt du, ich hätte nie gedacht . . . also ausgerechnet deine Oma . . . es passt einfach nicht zu ihr. Es passt so überhaupt nicht. Wenn ich nicht derart vor den Kopf geschlagen gewesen wäre, hätte ich es bestimmt geschafft, vernünftig zu reagieren, mit Frau Greenburg zu reden, ihr wenigstens zu sagen . . . Ich hab mich geschämt wie noch nie in meinem Leben und . . .« Nach einer langen Pause sprach sie weiter. »Weißt du, was das Schlimmste ist? Ich war erst mal wütend auf Frau Greenburg, weil ich mich schämen musste.« Sie lehnte sich gegen den Türstock. »Ich hatte immer gedacht, die Geschichte mit den Juden hätte sozusagen nur theoretisch mit mir zu tun, natürlich wusste ich, dass ich als Nachgeborene mitverantwortlich war, dass so etwas nie wieder geschehen konnte, dass die Verbrechen an den Juden nie vergessen wurden. Vielleicht war ich sogar stolz darauf, dass ich mich nicht vor der Auseinandersetzung drückte, obwohl es mich gar nicht direkt betraf, und nun redete meine eigene Mutter wie die alten Nazis . . .«

Lena wusste, dass die Mutter etwas von ihr erwartete, sie wusste bloß nicht, was. Sie nickte.

»Warte einen Augenblick.«

Die Mutter ging ins Wohnzimmer, kam gleich mit einem braunen Fotoalbum zurück, setzte sich neben Lena und schlug das Album auf. Kleine Schwarz-Weiß-Bildchen mit gezacktem Rand standen je sechs auf jeder Seite.

Ein Mädchen mit straff geflochtenen Zöpfen blickte finster mit gerunzelter Stirn in die Kamera. Die dünnen Beine steckten in klobigen Schnürschuhen, die Arme hingen herab wie bei einer Marionette.

»Das wurde im Krieg aufgenommen. Da ist deine Oma in der ersten Klasse. Wenn du genau schaust, siehst du einen leeren Faden aus ihrer Schultasche baumeln. Die Buben haben sich einen Sport daraus gemacht, den Mädchen die Tafelschwämmchen abzuschneiden. Einer hatte eine Sammlung von 21 Stück. Omas Mutter hatte wenig Geld. Für sie war es eine Katastrophe, wenn sie schon wieder einen neuen Schwamm kaufen musste. Zuletzt hat Oma nur mehr ein Stück von einem alten Putzlappen zum Tafelwischen bekommen. Sie haben ja auf Schiefertafeln geschrieben. Komisch, sie hat mir oft erzählt, wie sehr sie sich wegen dieser Fetzen schämte, die schäbigen Kleider haben ihr offenbar viel weniger ausgemacht.«

Es war nicht leicht, eine Verbindung zwischen dieser kleinen Gerti und Oma herzustellen. Besonders heute nicht.

Auf dem nächsten Foto hielt sie einen Bleistiftstummel umklammert und beugte sich tief über ein Blatt Papier.

»Da schreibt sie einen Feldpostbrief an ihren Vater, der war damals schon Kriegsgefangener in einem Lager in Sibirien, aber das wussten sie noch nicht.«

Oma beim Nähen, die Nadel anstarrend wie einen Feind. Oma mit ihrem zweijährigen Bruder an der Hand, der Kleine lacht, sie blickt düster.

»Warum schaut sie immer so bös?«, fragte Lena.

Die Mutter hob die Schultern, ließ sie fallen. »Sie hatte es nicht leicht. Ihre Mutter nähte für Nachbarinnen. Meistens bekam sie irgendwelche alte Kleider, die wurden aufgetrennt, dabei musste Oma helfen. Wenn sie in den Stoff schnitt, war das eine Katastrophe. Die aufgetrennten Teile wurden unter einem nassen Tuch gebügelt, davon roch die ganze Wohnung säuerlich. Wenn ihre Mutter es endlich geschafft hatte, ein neues Kleid oder einen Mantel zuzuschneiden, musste deine Oma die Teile ›nett machen‹, damit der Stoff nicht ausfranste. Wenn ich sage ›nett machen‹, dann meine ich genau das. Ein Stich wie der andere, sonst setzte es Schläge.«

Die Mutter blätterte hektisch weiter, zeigte auf ein Bild:

Oma und ihr Bruder auf einem Trümmerhaufen. Er strahlte auch hier, Omas Gesicht war verkniffen.

»Hat sie nie gelacht?«, fragte Lena.

»Glaubst du, sie hätte Grund zum Lachen gehabt?«, fragte die Mutter zurück. »Das da« – sie klopfte mit einem Finger auf den Trümmerhaufen – »war alles, was von ihrem Haus übrig geblieben ist.«

»Und?«

»Und was?«

»Was hat das mit Frau Greenburg zu tun?«

»Mein Gott . . .« Mutters Hände flatterten hoch, kamen auf dem Album kurz zur Ruhe, verkrampften sich ineinander. »Das ist doch klar, oder?«

»Nein. Ehrlich gesagt, nein.«

Die Mutter stand auf. »Mit dir kann man nicht reden.«

»Mit dir kann man nicht reden«, sagte Lena, nachdem die Mutter ihr Zimmer verlassen hatte.

Das Album lag noch offen auf Lenas Bett. Auf allen Fotos sah die Großmutter aus, als hätte man ihr gerade etwas weggenommen, als wäre sie böse auf die ganze Welt. Satzfetzen wehten durch Lenas Kopf, Bruchstücke aus Erzählungen der Großmutter. *Natürlich hatte sie ihn lieber. Eine Schachtel Biskotten, die bekam natürlich er, jeden Abend eine.*

Warum natürlich? Was hatte Großmutters Eifersucht auf ihren kleinen Bruder mit Frau Greenburg zu tun? Vor drei Jahren war er mit dem Auto verunglückt, und immer noch erinnerte sie sich an die uralten Biskotten. Sie konnte sich doch selbst Biskotten kaufen, so viele sie wollte. Einen ganzen Laden voll. Biskotten konnte sie essen, bis sie ihr aus den Ohren staubten. Lena mochte keine Biskotten.

Beim Abendessen ließ die Mutter den Fernseher laufen, stocherte in ihrem Teller herum, sagte nicht viel mehr als: »Reichst du mir bitte das Salz?«

Ist doch nicht zu fassen, dachte Gerti Brunner. Jetzt bin ich tatsächlich in die falsche Tramway eingestiegen. Das ist mir noch nie passiert. Nein, es hat nichts damit zu tun, dass ich alt werde. Mein Kopf ist ganz in Ordnung. Aufgeregt hab ich mich, und kein Wunder. Einfach hineinzuplatzen in eine fremde Wohnung, das ist doch keine Art, und dann noch mit Vorwürfen zu kommen. Ausgerechnet mir. Ich habe den Dr. Steiner immer gegrüßt, auch nachdem der Hirt zu meiner Mutter gesagt hat, das müsse er melden, es sei verboten, mit Juden zu verkehren, aber der Dr. Steiner war unser Hausarzt gewesen, seit ich auf der Welt war, und er hat mir einmal eine alte Spritze ohne Nadel geschenkt und immer Witze gemacht, wenn ich zum Impfen kam, bis ich vor lauter Lachen vergessen habe zu quietschen, und ich hab auch seiner Frau die Tür aufgehalten, bis . . . ja, bis man sie geholt hat. Das muss 1941 gewesen sein, ich war in der zweiten Klasse.

Natürlich ist es schlimm, was damals mit den Juden passiert ist, aber der Frau Grünberg ist ja nichts geschehen, oder? Sonst wäre sie nicht da. Immer sind die, die selbst nicht gelitten haben, am unversöhnlichsten, das ist einmal erwiesen. War auch kein Honiglecken hier, weiß Gott nicht. Einmal ganz abgesehen vom

Hunger und von der Angst vor den Bomben. Heute noch wird mir schlecht, wenn ich eine Sirene höre. Damals im Luftschutzkeller, dieser sirrende hohe Ton, bevor eine Bombe einschlug, und das Warten auf die Explosion. Direkt erleichtert war man, wenn man den fürchterlichen Krach hörte, das bedeutete, dass es einen nicht getroffen hatte. Ich weiß schon, Heiliger St. Florian, verschon mein Haus, zünd 's andre an. Aber das Hemd ist einem nun einmal näher als der Rock, wer das Gegenteil behauptet, ist nicht ehrlich.

Das Herzklopfen, wenn man endlich wieder hinaufgehen konnte. Überall Schutt und Glassplitter und Brandgeruch. Die Katze, der ein Balken auf den Hinterleib gefallen war. Die Eingeweide quollen heraus. Sie schrie. Ein Mann hat einen Stein auf ihren Schädel geworfen. Aus Barmherzigkeit, sagte er. Mir wird heute noch schlecht. So lange hab ich nicht mehr an sie denken müssen. Jetzt wird sie mich wieder verfolgen, wenn ich nicht einschlafen kann.

Und wer hat etwas davon? Niemand! Hat uns vielleicht jemand gefragt, ob wir einverstanden waren mit dem, was die da oben taten? Aber wirklich nicht. Die da oben tun immer, was sie wollen, zu allen Zeiten. Klar, jetzt können wir wählen, alle paar Jahre ein Kreuz machen, ich komm mir dabei immer vor wie ein Analphabet, aber haben wir deshalb auch eine Wahl? Monika würde natürlich sagen: Wie eine Analphabetin, Mama! Wie sie mich angeschaut hat. Nie hätte ich meine Mutter so angeschaut, obwohl ich wahrlich mehr Grund dazu gehabt hätte.

Der Abend, als mein Vater aus der Gefangenschaft kam. Es läutet, ich renn zur Tür, mach auf, und da steht ein fremder Mensch, der furchtbar stinkt, der genau so aussieht, wie ich mir den Kinderverzahrer vorgestellt hatte, vor dem ich immer gewarnt wurde. Ich werfe natürlich die Tür zu. Er läutet noch einmal, meine Mutter kommt, fällt diesem zerlumpten, hässlichen Mann um den Hals und küsst ihn ab. Ich steh da und halte mir die Nase zu. Irgendwann sagt meine Mutter: So begrüßt du deinen Papa? Ich renn aufs Klo. Mein Vater? Jeden Abend vor dem Einschlafen hatte ich sein Bild geküsst, das auf dem Nachttisch stand, ich konnte sein Gesicht auswendig, dieser Mensch war nicht mein Vater. Die Ohrfeigen, die sie mir gab, brennen noch heute.

Sie heizt den Badeofen, ich höre die beiden im Badezimmer reden und lachen, einmal quietscht sie auf. Später trägt sie mein Bettzeug auf den Diwan im Wohnzimmer, und ich heul mich in den Schlaf, bis ich zum ersten Mal aufgeweckt werde von diesen Schreien. Nie hab ich verstanden, was er geschrien hat, ich hab auch nie gefragt danach. Ich hab genau gespürt, dass es schwierig für sie geworden wäre, für sie und für ihn, wenn ich gefragt hätte. Fragen war überhaupt nicht erwünscht, und ich wollte ja so sein, wie sie mich haben wollten.

Monika natürlich, die hätte gefragt. Alles hätte die gefragt. Sie und ihre Freunde, die nehmen keine Rücksicht und halten sich noch für ehrlich.

Vielleicht wollte ich es auch nicht so genau wissen, es war ohnehin schwierig genug, wenn Vater in der Küche saß, die Füße in einem Lavoir voll Schmierseife, weil ihm die Zehen erfroren waren in Russland. Jetzt darf man ja wieder Russland sagen, vor ein paar Jahren noch hat mich Monika jedes Mal korrigiert. Sowjetunion. Nun, das ist auch vorbei. Alles ist vorbei, bis auf das, was uns noch bevorsteht, der Himmel weiß, was das sein wird.

Ich denke immer noch, dass Höflichkeit und Rücksichtnahme fast immer besser sind als ihre so genannte Ehrlichkeit. Öl im Getriebe braucht schließlich auch jeder Motor. Schrecklich haben diese Füße ausgesehen, die sind nie mehr verheilt. Fuß fassen. Wie hätte er Fuß fassen sollen mit diesen Füßen?

Ich muss umsteigen. Die stehen auch da, als ob die Tramway ihnen allein gehört. Breitbeinig.

Monika kann lang warten, bis ich mich bei ihr melde.

Mama! In dem Ton hat meine Mutter *Gerti!* gesagt, wenn ich mich danebenbenommen habe. Von meiner eigenen Tochter muss ich mir das nicht gefallen lassen. Was haben wir gespart, bis wir die Ablöse für die Wohnung bezahlen konnten. Nicht eine Strumpfhose hab ich mir gegönnt, Überstunden gemacht, am Wochenende Schreibarbeiten übernommen, und daneben das Kind und der Haushalt. Nicht dass ich einen Dank erwartet hätte dafür, dass ich ihr die Wohnung geschenkt habe, als Lena auf die Welt kam, aber ich muss mir doch wirklich nicht sagen lassen . . .

Im schwarzen Rechteck des Fensters bildeten die Sprossen ein helles Kreuz. Lena überlegte, ob Frau Greenburg auch immer die Vorhänge beiseite gezogen hatte, ob sie auch gewartet hatte, bis der Stern in der Krone der Kastanie sichtbar wurde. Lena hatte das Gefühl, dass ihr Bett nicht mehr ihr gehörte. Sie drehte das Kopfkissen um, schmiegte die Wange in die kühle Unterseite.

Mama ist mir böse, dachte Monika Leindorf. Ob ich sie anrufe? Sie erwartet eine Entschuldigung, das ist sicher. Also, entschuldigen werde ich mich nicht.
Ich wüsste nicht, wofür. Wenn jemand Grund hat, sich zu entschuldigen, dann ist sie es. Sie ist es doch, die sich eindeutig danebenbenommen hat. Ich weiß gar nicht, was in sie gefahren ist. Natürlich hat ihr die Wohnung immer viel bedeutet, ihre erste eigene

Wohnung nach dem schäbigen Untermietzimmer. Aber warum fühlte sie sich persönlich angegriffen? Gibt es da etwas, das ich nicht weiß?

Immer gibt sie mir das Gefühl, dass ich ihr etwas antue, wenn ich auch nur eine völlig harmlose Frage stelle. Woran liegt das? Gibt es für sie keine harmlosen Fragen? Als hätte sie ein furchtbares Geheimnis, aber das kann gar nicht sein, was hat sie schon ihr Leben lang gemacht? Gearbeitet und gespart.

Lena hat Recht, sie sieht so ernst aus auf allen Fotos. Nur auf dem Bild von der Bergtour mit Vater, kurz vor ihrer Heirat, da lacht sie übers ganze Gesicht. Wer ist das?, hab ich gefragt, als ich das Bild zum ersten Mal sah. Das sagt schon alles.

Ich erinnere mich, wie ich ihr ein Bild gebracht habe, das ich ihr zum Geburtstag gemalt hatte, ich fand es sehr schön, hatte es in eine Mappe getan und *meiner liebsten Mama* darauf geschrieben. Sie schaute nur kurz darauf, sagte: »Lieb schreibt man mit ie«, und legte es weg.

Ich glaube, sie hat nicht das Talent, sich zu freuen. Sie kommt mir vor wie eine dieser Frauen, die nur wissen, was ihnen fehlt, nicht, was sie haben. Als ich meine erste Periode hatte, sagte sie: »Du Arme. Damit musst du dich jetzt dreißig Jahre lang quälen, oder womöglich noch länger . . .« Manchmal glaube ich, sie nimmt mir übel, dass ich mehr Talent zum Leben habe als sie, dass ich lachen kann, dass ich es mir gut gehen lassen kann . . .

Vielleicht hat Frau Greenburg gar nicht gemerkt, wie aggressiv Mutter war. Nein, mach dir nichts vor, Monika Leindorf. Du hast ihr Gesicht gesehen. Frau Greenburg hat alles mitgekriegt. Warum habe ich es nicht geschafft, mit ihr zu sprechen, als ich ihr nachlief? Weil ich nicht wusste, was ich sagen sollte, was man überhaupt sagen kann! Stimmt, aber das ist nur die halbe Wahrheit. Ich habe nichts gesagt, weil ich es nicht aushalte, ein schlechtes Gewissen zu haben. Das schlechte Gewissen sollen die anderen haben, nicht ich. Ganz gleich welche anderen. Weil ich mich doch so bemühe. Was für ein Quatsch! Aber irgendwo stimmt es. So scheint meine innere Buchhaltung zu funktionieren. Schlimm. Viktor hat das auch gesagt, allerdings im Zorn, kurz bevor er auszog. Er gehe, hat er gesagt, ich setze ihn ja doch nur ins Unrecht und ich könne mir meine ewige Rechthaberei sonst wo hinstecken.

Warum ist es so schwer, das zu sagen, was man wirklich meint? Wieder eine versäumte Gelegenheit. Wer hat gesagt, wir werden nicht gerichtet für das, was wir getan, sondern für das, was wir unterlassen haben? Oh, verdammt. Ich hatte doch versprochen, die Briefe für China fertig zu machen. Mama hätte gesagt: Siehst du, wozu du mich gebracht hast? Gott, wie ich das gehasst habe. Immer war ich schuld, wenn sie einen Fehler machte, weil ich sie wieder einmal aus dem Konzept gebracht hatte.

Lena leerte den Inhalt ihres Rucksacks auf den Boden. Haarbänder, Kugelschreiber, Münzen, jede Menge gebrauchte Papiertaschentücher, Zettel, Butterbrotpapier, Brotkrümel, Orangenschalen, eine halbe Banane, ein Taschenbuch, in dem ein Kamm steckte. Mindestens zehn Seiten waren geknickt. Mist. So konnte sie es Jessica nicht zurückgeben.

Wo zum Kuckuck war ihr Zirkelkasten?

Da fiel ihr ein, dass heute ein Lehrausgang ins Kunsthistorische Museum angesagt war. Lena stopfte Block und Bleistift in den Rucksack. Heute Nachmittag würde sie hier aufräumen, und den Schreibtisch gleich dazu. Vielleicht fand sich dabei der Zirkelkasten, mit ein bisschen Glück auch noch die Zettel mit den Notizen für das Referat, das sie übermorgen halten sollte. Sie klaubte die Papiertaschentücher auf. Hoffentlich kam die Mutter nicht auf die Idee, hier etwas zu suchen. Die Stimmung zwischen ihnen war auch so gespannt genug.

Auf dem Weg ins Museum schimpften viele. Was gingen sie diese alten Schinken an, Bilder von fetten schweinchenrosa Weibern, von alten Männern mit der Hand auf dem Säbelknauf. Als sie die breite

Marmortreppe hinaufgingen, wurden sie ein wenig stiller. Oben begrüßte eine junge Kunsthistorikerin die Klasse. Locken fielen ihr weit über den Rücken, sie hatte einen großen, dunkelrot geschminkten Mund, eine tiefe, warme Stimme und eine Figur wie eine Tänzerin. Die Jungen starrten sie ungläubig an, einige Mädchen begannen an ihren Haaren oder Röcken zu zupfen. Die Kunsthistorikerin führte die Masse in den Breughel-Saal. Ihre Freude an den Bildern war ansteckend, während sie redete, begannen die Bilder zu leben, Lena meinte, den Dudelsack spielen und die Füße der Bauern beim Tanz stampfen zu hören, das Brot zu riechen und das brutzelnde Spanferkel.

Die Kunsthistorikerin lächelte in die Runde. »So, jetzt sucht euch einen Platz, wo ihr halbwegs bequem sitzen könnt, ohne das Bild noch einmal anzusehen, und zeichnet ein Detail, das euch aufgefallen ist, oder auch einen größeren Ausschnitt.« Sie wischte das Protestgestöhn mit einer Handbewegung weg. »Keine Sorge, es kommt nicht darauf an, Breughel zu kopieren. Ihr sollt auf eure eigene Art, in euer eigenen Sicht, skizzieren. In einer Viertelstunde – also um Viertel nach zehn – treffen wir uns wieder hier.« Allgemeines Gestöhne. Die Kunsthistorikerin lachte. »Wenn ich euch mehr Zeit gebe, wird es zu schwierig.«

Lena blickte auf die Uhr. So spät schon? Eine ganze Stunde hatten sie vor diesem Bild verbracht, und es war keinen Augenblick langweilig gewesen. Nie hätte sie gedacht, dass man ein einziges Bild so lange ansehen könnte.

Lena ging ins Treppenhaus, legte ihren Block auf die Balustrade. Was sollte sie wählen? Sie hob den Kopf und sah Frau Greenburg die Treppe heraufkommen. Ohne einen Augenblick zu zögern, rannte Lena ihr entgegen.

»Hallo! Bist du nicht in der Schule?« Frau Greenburg schien sich zu freuen.

»Doch. Ich meine, wir sind mit der Schule hier.« Frau Greenburg nickte.

»Ich . . .«, begann Lena und wusste nicht weiter.

Frau Greenburg legte ihr die Hand auf den Arm. Auf dem Handrücken waren braune Flecke, wie große Sommersprossen. Sie trug einen Ehering und darüber einen schmalen Ring mit grünem Stein.

»Komm.« Frau Greenburg stieg langsam Stufe um Stufe hinauf, Lena folgte ihr, die Augen auf den Saum ihres dunkelblauen Rocks geheftet. Sie betraten einen Saal voll mit Gemälden in schweren Goldrahmen. Vor dem Bild eines blond gelockten Mädchens im spitzenstarrenden Kleid blieb Frau Greenburg stehen. »Die war meine Freundin«, sagte sie. »So wie sie wollte ich immer aussehen. Ich kannte sie, weil mein Vater oft am Sonntag mit uns ins Kunsthistorische Museum ging. Egal, was er uns zeigte, vor dem Heimgehen lief ich immer zu ihr. Meine Eltern haben mir eine Kunstpostkarte von diesem Gemälde geschenkt, aber darauf war sie nicht so schön wie in Wirklichkeit. Trotzdem stand die Karte immer auf meinem Nachttisch. Ich hatte sie sogar noch in Amerika, da waren die Ränder schon eingerissen und die Farben verblasst. Irgendwann ist sie verloren gegangen.«

Sie nickte der spanischen Infantin zu und ging langsam weiter, blieb immer wieder stehen, ging durch die Gemäldegalerie wie durch einen Raum voll alter Freunde.

»Nicht zu fassen, dass sie alle noch da sind«, sagte sie.

»Sie hängen sogar so, wie ich sie erinnere. Draußen auf den Straßen hat sich so viel verändert, manchmal dachte ich, ich wäre in einer anderen Stadt gelandet.«

Lena war verwirrt. Wieso redet sie so normal mit mir? Eigentlich nicht normal, nicht, wie die meisten Erwachsenen mit mir reden – sie redet mit mir, als wäre sie froh, dass ich da bin.

»Wieso sind Sie nicht böse auf mich?«, fragte Lena, hoffte gleich darauf, dass sie zu leise gesprochen hatte, aber Frau Greenburg hatte sie gehört.

»Erstens habe ich keinen Grund, auf dich böse zu sein. Von Sippenhaftung halte ich nichts. Zweitens habe ich gesehen, wie verstört du warst. Du wolltest mir nachlaufen, stimmt's?«

»Woher wissen Sie das?«

Frau Greenburg hob die Schultern, ließ sie fallen. »Eine wie ich lernt genau zu beobachten. Mein Vater hat das Beobachten mit uns geübt, mit meiner Schwester und mir. Spielt ihr noch das Spiel, wo ein Tablett mit allen möglichen Dingen hereingebracht wird, das darf man kurz ansehen, dann muss man sich umdrehen, ein Gegenstand wird entfernt, und man soll sagen, was fehlt?«

»Kenn ich nicht«, sagte Lena.

»Schade. Es schärft den Blick und Spaß macht es außerdem. Mein Vater spielte uns auch auf dem Klavier Stücke vor, beim zweiten Mal ließ er einen Takt oder zwei aus und wir sollten erkennen, wo er den ›Fehler‹ gemacht hatte. Meine Schwester konnte das viel besser als ich, aber sie war auch zwei Jahre älter. Sie wäre bestimmt eine gute Musikerin geworden.«

Wäre. Wie kalt es hier war.

»Meine Großmutter hat es bestimmt nicht so gemeint«, sagte Lena. »Sie ist nicht so. Sie ist eigentlich . . . also *so* ist sie nicht. Wirklich nicht.«

»Mag sein.«

Ein Vorhang war gefallen. Nein, ein Rollbalken. Sie hatte das anders sagen wollen, ganz anders. Lena wollte ihre Großmutter gar nicht verteidigen, im Gegenteil. Sie war böse auf Großmutter. Und jetzt hatte sie Frau Greenburg gekränkt, Frau Greenburg, die mit ihr wie mit einer Freundin gesprochen hatte.

Frau Greenburg setzte sich auf eine der schwarzen Lederbänke und lud Lena mit einer Handbewegung ein, sich neben sie zu setzen.

Eine ganze Weile saßen sie schweigend nebeneinander. Auf dem Bild ihnen gegenüber hielt eine tief dekolletierte Judith triumphierend das blutige Haupt des Holofernes in die Höhe.

»Ich hätte meine Großmutter erwürgen können«, sagte Lena schließlich.

Frau Greenburg schüttelte den Kopf. »Das würde ich dir nicht empfehlen. Sie hat sich angegriffen gefühlt, ob zu Recht oder zu Unrecht, kann ich nicht beurteilen. Weißt du, ich habe mich jahrelang geweigert, nach Wien zu fahren. Ich wollte nicht hierher zurückkommen, von wo man uns verjagt hat – die von uns, die Glück hatten, so wie meine Eltern und ich.«

Und Ihre Schwester?, wollte Lena fragen, tat es aber nicht.

»Ich wollte eine richtige Kanadierin sein, wollte alles vergessen, was mit Wien zu tun hatte. Jahrelang glaubte ich, dass mir das gelungen sei. Ich habe auch mit meinen Eltern nur noch Englisch gesprochen, habe mich nicht interessiert für das, was hier vor sich ging, wenn einmal etwas über Österreich in der Zeitung stand, habe ich es höchstens überflogen. Bis dann die Waldheim-Geschichte begann und ich daran, wie wütend ich wurde, gemerkt habe, dass ich hier doch Wurzeln zurückgelassen habe. Du erinnerst dich nicht daran, das war vor deiner Zeit. Waldheim war UNO-Generalsekretär und wurde später österreichischer Bundespräsident. Er hatte vertuscht, dass er unter den Nazis bei der SA gewesen war. Es war die Jämmerlichkeit, die mich so zornig machte, dieses ewige Verleugnen, die Unfähigkeit, zuzugeben, was man gewesen ist, was man getan hat. Und dann die Empörung über den Politiker, der ihn verteidigte und sich nicht entblödete, öffentlich zu sagen: ›Solange er nicht sechs Juden höchstpersönlich erschossen hat, so lange bleibt er für mich unschuldig.‹ Ich meine, kein Mensch gibt gerne zu, dass er gefehlt hat, aber es gibt verzeihliche und unverzeihliche Lügen, denke ich.

Damals wurde mir klar, dass mich dieses Land immer noch etwas angeht, dass ein Teil von mir trotz allem hier seine Wurzeln hat und dass ich mich diesem Teil stellen muss, wenn ich in Frieden alt werden will. Auch dann habe ich mich nicht gleich ins Flugzeug gesetzt, aber jetzt bin ich hier. Und weißt du, was? Ich bin froh, dass ich dich kennen gelernt habe.«

»Ich bin auch froh, dass ich Sie kennen gelernt habe. Sehr froh. Und gleichzeitig . . .«

»Ja«, sagte Frau Greenburg. »Ich weiß.«

Wusste sie wirklich?

»Ich kenne mich überhaupt nicht aus«, sagte Lena.

Frau Greenburg nickte. »Da sind wir zwei. Manchmal frage ich mich, ob es nur neue Vorurteile, neue Abneigung schürt, wenn man jetzt verlangt, dass unrechtes Gut zurückgegeben wird. Vor allem wenn man bedenkt, durch wie viele Hände manches inzwischen gegangen ist. Dann sage ich mir wieder, es gibt keine

Versöhnung, wenn nicht zuvor Klarheit geschaffen wurde. Es geht nicht darum, ob die Opfer den Tätern vergeben. Ich weiß nicht einmal, ob das möglich ist, ich müsste ihnen ja auch vergeben, was sie anderen angetan haben, meinen Onkeln und Tanten, meiner Großmutter, meiner Schwester. Was sie einem selbst angetan haben, das kann man vielleicht vergeben, obwohl das schon viel verlangt ist.

Aber, wie gesagt, es geht nicht nur um Versöhnung. Es muss Klarheit geschaffen werden, damit nicht die Täter und ihre Nachfolger im Bewusstsein, unrechtes Gut zu genießen, immer neue Vorurteile entwickeln und aus altem Unrecht neues Unrecht entsteht. Wenn jetzt die Kunstwerke zurückgegeben werden sollen, die man zum Beispiel der Familie Rothschild genommen hat, so geht es ja gar nicht nur um das Unrecht, das die Nazis begangen haben, sondern um Unrecht, das dieses Land den Menschen nach dem Krieg, irgendwann in den 50er-Jahren, angetan hat, als man ihnen sagte: ›Gut, ihr bekommt das zurück, was euch die Nazis geraubt haben, aber ihr dürft die Bilder und Möbel und so weiter nur aus dem Land bringen, wenn ihr einige der besten Stücke unseren Museen schenkt.‹ Das ist reine Erpressung, begangen von einem Staat, der sich als Rechtsstaat versteht. Begreifst du, was ich sagen will? Ich fürchte, ich habe mich nicht sehr klar ausgedrückt.«

Sie sah Lena erwartungsvoll an.

Lena nickte, schüttelte den Kopf, nickte wieder. »Wenn man sowieso ein schlechtes Gewissen hat und jemand sagt, man hätte sich falsch verhalten, wird man wütend auf den, gerade weil er Recht hat? Weil man nicht daran erinnert werden will, dass man an etwas schuld ist? Meinen Sie das so?«

Frau Greenburg legte ihr die Hand auf den Arm. »Ja und nein. Ich habe es nicht ganz so gemeint, wie du es da ausdrückst, aber es kommt annähernd in die Richtung. Gerade vorhin überlegte ich, ob es einfacher wäre, wenn wir uns auf Englisch unterhielten.«

»Hilfe, nein!«, rief Lena. Ein Aufseher streifte sie mit einem verärgerten Blick.

»Okay, okay«, sagte Frau Greenburg. »Ich bin total ausgetrocknet vom Reden. Ich weiß gar nicht, wann ich zuletzt so viel gesprochen habe. Komm, wir gehen etwas trinken.«

Sie setzten sich ins Café, blickten hinauf in die hohe Kuppel.

»Findest du nicht, dass die Obsttorte sehr verführerisch aussieht?«, fragte Frau Greenburg. »Wenn die Versuchung zu groß ist, soll man ihr nachgeben. Und dann sehen wir uns die Rubens-Frauen an. Meine Mutter hat immer erklärt, sie sei froh, dass Papa Rubens liebe.«

Plötzlich fiel Lenas Blick auf die Uhr. Halb eins! Ihre Klasse war bestimmt längst in die Schule zurückgefahren. Sie lief in den Breughel-Saal. Zwei japanische Touristen und eine junge Frau mit einem Baby im Trage-tuch standen andächtig vor den Bildern, niemand sonst. Es hatte keinen Sinn, in die Schule zu fahren. Bis sie dort ankam, waren alle bestimmt schon nach Hause gegangen.

»Tut mir Leid«, sagte Frau Greenburg. »Hoffentlich bekommst du keine Schwierigkeiten.«

Lena zuckte mit den Schultern. »Wird schon nicht so schlimm werden.« Frau Greenburg schrieb die Telefonnummer ihres Hotels auf eine Visitenkarte. »Ruf mich an. Ich würde mich freuen. Zwei Tage bin ich noch da.«

In der Straßenbahn fiel Lenas Gleichmut von ihr ab. Als sie die Wohnungstür aufsperrte, hörte sie Mutters Stimme am Telefon. Sie klang sehr aufgeregt. »Nein, ich habe wirklich keine Ahnung. Natürlich melde ich mich, sobald sie nach Hause kommt.«

Einen Augenblick später prasselten Fragen gemischt mit Vorwürfen auf Lena nieder.

»Krieg ich keine Antwort?«

»Du lässt mir ja keine Zeit dazu«, sagte Lena.

Die Mutter packte sie an beiden Schultern, schüttelte sie. »Ich habe genug von deinen Frechheiten! Wo warst du?«

»Im Museum.«

»Und dann?«

»Nirgends.«

»Lena!« Die Mutter bemühte sich sichtlich Ruhe zu bewahren. »Lena, wenn du mir nicht die Wahrheit sagst, kann ich dir nicht helfen.«

»Ich war wirklich nur im Museum!« Lena entwand sich dem Griff auf ihren Schultern.

»Du bleibst da!«

»Ich muss aufs Klo!« Lena riss sich los.

Als sie aus dem Badezimmer kam, stand die Mutter mit herabhängenden Armen da.

»Man hat dich im ganzen Museum gesucht, bevor die Klasse in die Schule zurückfuhr.« Sie betonte jedes Wort einzeln. »Also sag jetzt bitte die Wahrheit!«

»Es ist die Wahrheit!«

Mutters Gesicht kam ganz nahe, Lena spürte ihren Atem. Es war wichtig, jetzt nicht zu blinzeln. Blinzeln galt als Beweis für Lügen. Schwachsinn. Es war leichter, sie von einer Lüge zu überzeugen als von der reinen Wahrheit.

»Wo hast du dich dann versteckt?«

»Nirgends. Wir waren bei den Velo. . . nein, Vela. . . was weiß ich, wie der Maler heißt, also bei den spanischen Infantinnen, und dann . . .«

Die Mutter unterbrach sie. »Wer wir?«

»Frau Greenburg und ich.«

»Du hast sie im Museum getroffen?«

Ein Bild drängte sich in Lenas Kopf, ein Bild aus dem Fernsehen: Löwin springt Zebra an, verbeißt sich in seinem Nacken.

»Wann habt ihr euch verabredet?«

»Gar nicht. Ich hab sie zufällig gesehen und bin auf sie zugegangen.«

»*Zufällig!*«

»Ja, zufällig. Wir haben miteinander geredet wie zwei vernünftige Menschen, Kaffee getrunken haben wir, und wenn du es genau wissen willst, haben wir auch noch Obsttorte gegessen. Eine richtige Orgie, was?«

Die Ohrfeige klatschte mehr, als sie weh tat. Die Mutter schaute erschrocken. »Ist dir überhaupt klar, in welche Schwierigkeiten die Lehrerin geraten kann, wenn ihr ein Kind abhanden kommt? Die Arme ist fix und fertig, sie macht sich solche Sorgen.«

»Darum hast du sie auch gleich angerufen«, sagte Lena.

Die Mutter beherrschte sich im letzten Moment, biss sich auf die Lippen, ging zum Telefon, winkte Lena aus dem Vorzimmer.

Lena warf sich auf ihr Bett. Lieber wäre sie weggelaufen, nicht irgendwohin, einfach weg. Stattdessen lag sie da und wartete.

Es dauerte ziemlich lange, bis die Mutter kam und sich ans Bett setzte.

»Ich glaube, ich habe sie beruhigt.«

Aber dich hast du nicht beruhigt. Was glaubst du eigentlich? Spuck's aus, was du sagen willst, oder lass mich in Ruhe. »Ich muss lernen«, sagte sie.

Die Mutter seufzte. Woran erkennt man die Mutter? Am Mutterseufzer. Ich bin ungerecht. Schön, bin ich ungerecht. Warum soll ausgerechnet ich gerecht sein? Ist die Welt vielleicht gerecht?

»Lena, du kannst mit allem zu mir kommen. Ich versuche wirklich dich zu verstehen.«

Lass es doch bleiben, wenn es dich so anstrengt. »Ja«, sagte Lena.

Endlich stand die Mutter auf. »Bin ich froh, dass die Oma heute nicht da war.«

Die Mutter hatte Angst vor der Oma. Früher hatte Lena gedacht, dass Erwachsene keine Angst hatten, ganz sicher keine Angst vor ihren Eltern. Wozu wurde man sonst erwachsen?

»Ich hab noch so viel zu tun. Die letzte Stunde habe ich überhaupt nichts geschafft, und ich muss auch gleich wieder weg.«

Wenn sie es so eilig hatte, warum stand sie an den Türstock gelehnt und wartete? Worauf? Das Telefon löste ihre Starre. Sie stolperte über die Türstaffel.

»Für dich, Lena!«

Es war Veronika, die des Langen und Breiten erzählte, wo sie überall nach Lena gesucht hätten. Anscheinend überall, bloß nicht da, wo sie in voller Lebensgröße mitten unter der Kuppel gesessen war. Komisch.

Wenn man sich verstecken wollte, war es offenbar am besten, genau dort zu sein, wo man von allen Seiten gesehen werden konnte.

»Mir kannst du doch sagen, wo du warst und mit wem!« Veronika war offenbar überzeugt, dass Lena einen geheimnisvollen Unbekannten getroffen hatte. Die Wahrheit war nicht aufregend genug. Morgen würde die ganze Klasse über Lenas wildes Liebesleben tratschen. Bitte sehr, wenn es ihnen Spaß machte. Die Wahrheit glaubte sowieso niemand.

Veronika hängte beleidigt auf.

In der zweiten Pause trafen Lena halb bewundernde, halb empörte Blicke. Witzig, dass alle ihr einen heimlichen Liebhaber zutrauten. Sie hatte immer gedacht, die anderen hielten sie für genauso uninteressant, wie sie zu sein fürchtete. Als sie sich die Hände trocknete, kam Charlotte in den Waschraum, stellte sich dicht neben sie und flüsterte: »Ist es wahr, dass er schon über zwanzig ist und Chemie studiert? Mir kannst du es ja sagen, ich tratsche garantiert nicht.«

Lena bemühte sich möglichst geheimnisvoll zu lächeln. Charlotte nahm das als Zustimmung und eilte hinaus, hatte offenbar vergessen, warum sie hierher gekommen war, und konnte es nicht erwarten, unter dem Siegel tiefster Verschwiegenheit wenigstens Sandra, Eva und Jasmin davon zu erzählen.

Dass die Klassenlehrerin kein Wort gesagt hatte, wunderte Lena. Sie hätte gerne gewusst, was die Mutter mit ihr gesprochen hatte. Was sie aber wirklich beschäftigte, war die Frage, ob sie Frau Greenburg anrufen sollte oder nicht.

Wenn die Taube am Fenstersims gegenüber auffliegt, wenn Herbert Wasser trinken geht, wenn die Storch bis zum Läuten dreimal »einerseits – andererseits« gesagt hat ... Wenn – dann. Was dann? »Lena, du kannst uns gewiss sagen ...«

Wie? Merkwürdig. Den ersten Teil der Frage hatte sie gehört, den zweiten nicht. Das war doch verkehrt, völlig verkehrt.

Sie schüttelte den Kopf, die Storch schüttelte den Kopf, Bäumchen schüttel dich und rüttel dich. Wie ging das weiter? War doch egal. Worauf wartete die Storch?

Als es läutete, zuckte sie mit den Schultern, machte eine halbe Drehung, stöckelte hinaus. Vielleicht wusste sie auch nicht, worauf sie gewartet hatte.

Sie ruft nicht an. Es wäre wirklich an Monika, anzurufen. So viel Achtung kann ich wohl von meiner Tochter verlangen, auch ohne darauf zu pochen, was ich für sie getan habe. Aber sie ist stur. Dickköpfig und stur. War sie immer schon. Das muss sie von meiner Schwiegermutter haben, die war genau so, aber ich bin ihr immer mit Respekt begegnet, obwohl sie es mir weiß Gott nicht leicht gemacht hat. Sie sieht ihr auch ähnlich, mit den Jahren immer mehr, obwohl Monika natürlich nicht so dick ist, darauf schaut sie schon, eitel, wie sie ist.

Wahrscheinlich hat Lena heute wieder nur Ravioli aus der Dose bekommen oder irgendwas Tiefgekühltes. Wenn ich nicht für Lena kochen würde, wüsste sie gar nicht, wie frisches Essen schmeckt. Leid tun könnte sie einem, obwohl sie auch anfängt frech zu werden. Wenn ich denke, was für ein süßes Kind sie war. Wie gern sie zu mir kuscheln gekommen ist. Du bist meine aller-allerliebste Oma, hat sie immer gesagt.

Nein, ich rufe nicht an. Da können die lange warten. Mich so bloßzustellen. Als ob ich eine Antisemitin wäre. Ich hab nichts gegen Juden, warum auch. Aber ich sehe nicht ein, warum ich ein schlechtes Gewissen haben sollte. Ich war noch ein Schulkind, als der Krieg zu Ende war. Gerade alt genug, um mich zu erinnern, wie die Frauen im Schutt vom Dreizehnerhaus gegraben haben nach dem Bombentreffer. Sie haben uns weggeschickt, aber wir sind jedes Mal zurückgegangen, die Ingrid, die Helga, die Fritzi und ich, und die Buben natürlich auch. Geschüttelt hat es uns, aber wir haben immer wieder hingeschaut, wie sie die Toten herausgezerrt haben, ein Baby war auch dabei, hat wie eine Puppe ausgesehen, gar nicht verletzt. Blaue gehäkelte Patscherln und Flaum auf dem Kopf. Die Hände haben gebaumelt. Wie klein die waren. Jeden Finger sehe ich. Die Frau Suchadownik hat es in den Arm genommen und den Staub von seinem Gesicht gewischt mit ihrer Schürze, bevor sie es auf den Leiterwagen gelegt hat. Särge hat es ja keine gegeben, eine ordentliche Bestattung auch nicht, die Frauen haben die Toten auf den Friedhof gekarrt. Immer zu zweit gezogen, ich sehe noch, wie ihre Rücken immer länger werden, und dann rutscht ein Arm oder ein Bein vom Wagen und schleift ein Stück weit durch den Schutt, bis es die Frauen bemerken. Eine murrt und sagt, sie ist doch kein Totengräber, aber die Frau Suchadownik dreht sich zu ihr mit diesem Blick, vor dem wir alle zahm wurden, auch der wilde Fredl, und fragt ganz freundlich, ob ihr der Leichengestank und die Cholera lieber wären. Meine Mutter stöhnt und stemmt die Hände ins Kreuz, sie hat sich verrissen beim Graben. Plötzlich schreit jemand: Die Russen sind schon im Wienerwald! Die Frauen rennen in ihre Wohnungen und schleppen die Hitlerbilder und *Mein Kampf*, das Buch hat ja jede als Hochzeitsgeschenk vom Führer bekommen, hinaus und werfen alles auf den Schutthaufen. Da humpelt der Blockwart her, der Hirt, und fängt an zu schreien und zu drohen, aber es hört keine mehr auf ihn. Die Schuster reißt ein Streichholz an, das verlöscht, irgendwann gelingt es ihr, eine Ecke von einem Hitlerbild anzuzünden, das glost so vor sich hin, die Schuster hat keine Zündhölzer mehr, eine Frau drängt sich vor, zerlegt eines von den Büchern, knüllt die Seiten zusammen, und endlich brennt das Feuer und die Funken stieben ringsum. Auf einem von den Bildern glüht das Gesicht, als wäre es aus Metall, der Wind trägt es fort, die Gasse hinunter, der Hirt hat Ruß im Gesicht, und die Schuster fragt ihn, bei wem er sie jetzt anzeigen will, weil seine Obernazis, die sind schon weg. Im Osten ist der Himmel rot, da brennt eine Raffinerie, immer wieder hört man Schüsse, ganz dumpfe und helle.

Ich will nicht an diese Dinge denken. Schlimm genug, dass sie einem einfallen beim Fernsehen, wenn sie in den Nachrichten Bilder vom Krieg anderswo zeigen. Was alles gespeichert ist im Kopf, wie in einem Filmarchiv. Aber es lässt sich nichts auf Befehl abrufen, da gibt es keinen Katalog, da fragt dich keiner, ob du diesen Film sehen willst oder nicht.

Nein, ich rufe Monika nicht an. Wie komme ich dazu? Dann glaubt sie womöglich, ich will mich entschuldigen. Das wäre ja noch schöner. Von den vielen Ungerechtigkeiten auf der Welt ist die des Geburtsdatums bestimmt eine der gemeinsten. Wer kann sich denn das aussuchen? Keiner. Angeblich gibt es einen chinesischen Fluch, wo man einem wünscht, er soll in interessanten Zeiten leben. So langweilig können die Zeiten gar nicht sein, dass sie mir fad würden.

Hallo, Lena, ist die Mama da?«

»Sie ist gerade weggegangen. Soll sie dich zurückrufen, Oma?«

»Meinetwegen. Was machst du?«

»Hausaufgaben. Geschichte lernen.«

»Dann will ich dich nicht stören. Wenn du Lust hast, kannst du ja später vorbeikommen. Ich hab einen Krautstrudel gebacken.«

Lena grinste, als sie den Hörer auflegte. Bevor die Mutter gegangen war, hatte sie erklärt, Oma in ihrer Sturheit würde ganz bestimmt nicht anrufen, und sie habe keineswegs die Absicht, den ersten Schritt zu tun, diesmal müsse Oma einsehen, dass sie im Unrecht sei. Schon im Mantel, hatte sie das Telefon angesehen, den Hörer abgehoben, mit dem Taschentuch über die Tasten gewischt und etwas über den Staub gesagt, den dieses Plastikzeug anzog. Manchmal waren sie leicht zu durchschauen, die Erwachsenen. Manchmal allerdings überhaupt nicht. Oder auch beides gleichzeitig. Das war zwar unmöglich, kam aber umso öfter vor.

»Ich bin in ungefähr drei Stunden wieder da. Solltest du früher fertig sein, könntest du vielleicht Zwiebeln andünsten. Andünsten, nicht anbrennen«, hatte die Mutter gesagt. Sie hatte nicht direkt gesagt, dass Lena nicht weggehen sollte, hatte angenommen, dass die Tochter verstand. Hatte sie auch, ob sie sich allerdings daran halten würde, war eine andere Frage. Es gab eben manchmal wichtigere Dinge, als Mutters unausgesprochene Wünsche zu erfüllen. Hausaufgaben würde es auch noch geben, wenn Frau Greenburg längst wieder in Vancouver war.

Mit leise im Bauch pochendem schlechtem Gewissen packte Lena die Schulsachen weg, sperrte die Wohnung zu. Als die Straßenbahn nicht gleich kam, beschloss sie zu Fuß zum Hotel zu gehen. Warten gehörte zu den vielen Dingen, für die sie gar kein Talent hatte. Sie lief durch Nebengassen, versuchte sich Sätze zurechtzulegen und fand ein paar Schritte weiter jeden einzelnen ziemlich blöd.
Es begann zu nieseln. Lena blinzelte. Leute, die keine Brille tragen mussten, hatten keine Ahnung, wie lästig Regen sein konnte. Oder der Wechsel aus der Kälte in einen warmen Raum, wo sich die Gläser beschlugen und man gar nichts mehr sah.

Der Hotelportier musterte Lena. Die Dame an der Rezeption hob ihre perfekt gezupften Augenbrauen. Nein, Mrs. Greenburg sei nicht im Hotel, und nein, sie wisse nicht, wann sie zurückkomme.
Lena blieb in der Halle stehen, bis sie sich zufällig in

einem der großen Spiegel erblickte. Jämmerlich sah sie aus, als hätte man sie eben aus dem Wasser gezogen. Sie war sicher, dass alle sie anstarrten, nicht nur der Portier, auch die Gäste, die in den tiefen Sesseln saßen, sogar ein Herr, der seine riesige Zeitung sinken ließ. Sie trat durch die Drehtür und wartete, an die Hausmauer gelehnt, im zweifelhaften Schutz der Markise. Ein Windstoß schüttete ihr einen Schwall Wasser in den Kragen. Sie zählte die Regenschirme, die der Wind umdrehte, die Taxis, die vor dem Hotel stehen blieben. Acht und neun. Siebzehn. Wie lange sollte sie warten? Bis fünfzig? Blöde Angewohnheit, diese Zählerei. Sie trat von einem Fuß auf den anderen, steckte die Hände in die Manteltaschen. Der Portier kam heraus, öffnete die Tür eines Taxis, half einer alten Dame aus dem Wagen und stützte sie auf dem Weg ins Hotel. Als er an Lena vorbeikam, schüttelte er leicht den Kopf, sagte aber nichts.

Zwei Busse an der Haltestelle unten warte ich noch ab, dann gehe ich. Der Regen fiel schräg von links, in einem Winkel von fünfundvierzig Grad, möglicherweise waren es auch fünfzig.

»Lena!«

Sie hatte Frau Greenburg nicht kommen sehen. »Du bist ja ganz durchnässt, komm!« Frau Greenburg legte ihr den Arm um die Schultern, führte sie an dem streng blickenden Portier vorbei. Der Page im Aufzug lächelte. Seine Augen waren so dunkel, dass die Pupillen kaum zu sehen waren.

»Zieh den Mantel aus, geh ins Bad und trockne deine Haare.« Als Lena ins Zimmer zurückkam, stellte ein junger Kellner ein Tablett auf den Couchtisch. Der heiße Tee tat gut.

Frau Greenburg legte die Hände auf den Tisch, mit den Handflächen nach unten. Wie schmal ihre Finger waren und wie dick die Knöchel. »Du wolltest mir etwas sagen?«

»Ja, aber ich weiß nicht einmal richtig, was ich sagen wollte.«

Sie lachten beide. Alle Falten in Frau Greenburgs Gesicht tanzten. Warum regten sich Leute über Falten auf? Es gab nichts Schöneres als tanzende Falten.

Frau Greenburg nahm einen kleinen Fotoapparat aus ihrer Handtasche. »Ich möchte dein Bild mitnehmen nach Kanada«, sagte sie. Sie drückte dreimal auf den Auslöser, dann stellte sie die Kamera auf den Tisch.

»Jetzt machen wir eines von uns beiden. Ich schicke dir dann Abzüge, wenn du willst.«

Lena setzte sich auf die Armlehne von Frau Greenburgs Sessel, es kam ihr vor, dass es lange dauerte, bis der Blitz aufleuchtete. Dann stellte sich Frau Greenburg neben Lena, legte ihr die Hand auf die Schulter. Sie nahm sie auch nicht gleich weg, nachdem der Apparat geklickt hatte.

»Wir müssen damit leben, dass die Abgründe sichtbar

geworden sind. Unser aller Abgründe«, sagte Frau Greenburg. »Lange Zeit habe ich mich davor gescheut, wollte möglichst wenig davon hören.«

»Aber Sie sind doch fein raus!«, rief Lena. »Sie müssen nicht daran denken, dass Ihre eigenen Leute zu den Tätern gehören!«

Frau Greenburg schüttelte den Kopf. »So einfach ist das nicht. Es hat sich gezeigt, wozu Menschen fähig sind, was Menschen Menschen antun können, und das geht uns alle an. Genauso wenig, wie du weißt, wie du dich verhalten hättest, wenn du sechzig Jahre früher geboren wärst, genauso wenig weiß ich, wie ich mich verhalten hätte, wenn ich nicht Jüdin gewesen wäre. Und glaub bloß nicht, dass die Opfer immer edel und gut waren. Sonst müsste man ja nur Menschen foltern, ausbeuten und hungern lassen, damit sie besser werden. Damit das Reich kommt, wo der Löwe mit dem Lamm liegt und das Junge der Tigerin mit dem Jungen der Gazelle spielt. Vielleicht waren es auch andere Tiere, ich bin nicht so bibelfest, leider.

Nein, Lena, Böses erzeugt nicht Gutes, höchstens in Ausnahmefällen. Dass es trotz allem Menschen gab, die einem Mithäftling ein Stück Brot zusteckten, das war das Wunder, nicht die Regel. Wir dürfen es uns nicht so einfach machen und glauben, die Opfer seien immer die Guten gewesen. Unter den Opfern gab es eigennützige und großzügige, gemeine und anständige, dumme und geniale, einfach alle Arten von Menschen. Es nimmt ihnen nichts von ihrer Würde, wenn wir uns das klarmachen, im Gegenteil: Erst dann begreifen wir, dass es Menschen waren, richtige Menschen, die geschlachtet wurden, wie man nie ein Tier schlachtet. Es macht mich wütend, wenn man so tut, als müsste Opfersein verdient werden wie ein Orden. Es gab welche, die waren so eitel, missgünstig und herrschsüchtig wie meine Tante Bettina, und es gab Heilige wie Korczak. Du kennst ihn nicht? Er war Kinderarzt und leitete ein Heim für jüdische Waisen, in dem jedes Kind eine Stimme hatte, er schrieb auch Bücher, wichtige Bücher. Wenn du einmal selbst ein Kind hast, musst du *Wie man ein Kind lieben soll* lesen. Versprich mir das.

Heute erinnert man sich hauptsächlich an ihn, weil er mit seinen Kindern ins Gas ging, als gälte es, einen Ausflug zu machen. Dabei hätte er sich retten können, Freunde aus dem Ausland hatten für ihn die Papiere organisiert, aber er wollte seine Kinder nicht im Stich lassen, solange er bei ihnen war, würde die Angst sie nicht zerfleischen. *Ein Mensch*, hätte meine Großmutter gesagt.«

Sie stand auf, ging zum Nachttisch, schrieb *Janusz Korczak* auf ein Blatt Papier, darunter *König Hänschen, Wie man ein Kind lieben soll, Das Recht des Kindes auf Achtung* und reichte Lena das Papier. »Verlier das nicht«, sagte sie. Lena nickte, faltete das Blatt und steckte es zu ihrem Ausweis.

»Was ich sagen wollte«, fuhr Frau Greenburg fort, »wir sind den Opfern Erinnerung schuldig in allem, was sie gewesen sind, in ihrer Jämmerlichkeit und in ihrer Größe, in dem Leben, das sie nicht zu Ende leben durften, und in ihrem gewaltsamen Sterben. Wir dürfen sie nicht nur von ihrem Tod her sehen, da nehmen wir ihnen noch einmal alles weg, was sie hatten, so wie man ihnen die Koffer mit ihren Wertsachen und Andenken weggenommen hat. Sauber geputzt werden sie zu Nullen, die hinter einer Zahl stehen, ganz neutral, ohne Gesicht, ohne Geschichte, allen ausgeliefert, die sie für ihre Zwecke benutzen wollen.«

Frau Greenburg schwieg, fuhr sich mit einer Hand über die Augen. »Ach, Lena, ich glaube, ich sage das mir selbst genauso wie dir. Jahre habe ich damit verbracht, mich diesen Dingen nicht zu stellen, und jetzt . . . Es ist nicht nur, dass ich auf dieser Reise judenfeindliche Bemerkungen gehört habe, nicht gegen mich gerichtet, ganz harmlos kamen sie daher, vielleicht hat es auch zu tun mit den Meldungen über die Rückgabe von Raubgut, über *Wiedergutmachung* für Zwangsarbeiter – als ob sich irgendetwas wieder *gut*machen ließe! Nicht dass ich ein besseres Wort wüsste, und natürlich finde ich es richtig, wenigstens symbolisch zu zeigen, dass das Land diesen Menschen etwas schuldig ist . . . Weißt du, dass du sehr gut zuhören kannst? Das ist ein Talent, vielleicht noch kostbarer als die meisten anderen. Ich hoffe, du wirst es nie verlieren!«

Lena nickte. Sie wollte sich jedes Wort merken und später darüber nachdenken. Es war nicht einfach, alles zu verstehen, aber sie war auch stolz, dass Frau Greenburg so mit ihr sprach, dass sie ernst genommen wurde.

»Wir haben in der Schule Annes Tagebuch gelesen«, sagte sie leise. »Ich hab immer denken müssen, ich wäre gern ihre Freundin gewesen.«

»Hast du keine Freundin?«

»Doch. Aber keine Anne.«

Frau Greenburg nickte. Ihre Augen wurden noch größer. »Ich habe das Tagebuch viermal begonnen, bevor ich es endlich gelesen habe«, sagte sie. »Es war so schrecklich, von Anfang an zu wissen, dass dieses Mädchen das Konzentrationslager nicht überleben würde.« Sie hob den Deckel von der Teekanne. »Nichts mehr da. Wäre auch inzwischen kalt geworden. Magst du ein Glas Saft?«

Sie schenkte Orangensaft ein, dabei fiel ihr Blick auf ihre Armbanduhr. »Meine Güte, es ist acht Uhr! Solltest du nicht längst zu Hause sein?«

Natürlich sollte Lena längst zu Hause sein. Die Mutter würde toben. Hoffentlich hatte sie nicht wieder Gott und die Welt angerufen, Oma und die Polizei.

Frau Greenburg stand auf, nahm ihren Mantel. »Ich bringe dich im Taxi nach Hause. Vor dem Hotel stehen immer welche.«

Einen Moment lang wunderte sich Lena, mit welcher

Selbstverständlichkeit Frau Greenburg dem Fahrer die Adresse nannte. Die Fahrt war zu kurz. Es gab so vieles, was Lena noch fragen, was sie sagen wollte, aber sie fand nicht einmal einen Anfang.

»Ich würde mich sehr freuen, wenn du mich einmal in Vancouver besuchen kämest. Falls es deine Eltern erlauben. Ich glaube nicht, dass ich so schnell wieder nach Wien komme.«

Das Taxi hielt. Frau Greenburg stieg mit Lena aus, umarmte sie. »Bless you, wie meine kanadische Freundin immer sagt. Es ist gut, dass es dich gibt.«

»Danke für alles!«, würgte Lena heraus.

Als sie im ersten Stock aus dem Fenster schaute, stand Frau Greenburg noch da und blickte hinauf.

Die Mutter war aufgelöst. »Wo in aller Welt warst du? Hättest du nicht wenigstens einen Zettel schreiben können? Was glaubst du eigentlich, was du tust?« Frage um Frage prasselte auf Lena ein, die Mutter wiederholte sich, wurde schrill. Plötzlich hielt sie inne, setzte sich, atmete ein paar Mal tief, sah Lena mit einem Blick an, der mehr Hilfe suchend als anklagend war.

»Noch einmal von vorne, ja? Also, wo warst du?«

»Bei Frau Greenburg.«

»Was findest du nur an ihr? Was hast du mit einer alten Frau zu tun?«

»Sie redet mit mir.«

Himmel, man würde glauben, dass ich nicht mit ihr rede! Wir haben doch immer miteinander gesprochen, oder etwa nicht? Seit sie sprechen kann, habe ich mich bemüht alle ihre Fragen zu beantworten, was weiß Gott nicht immer einfach war. Wenn ich denke, wie ich mit meinen Fragen damals bei Mama abgeblitzt bin . . . Ob sie uns dafür bestraft, dass ihr Vater nicht da ist? Wieso uns? Seit wann sind Mama und ich eine Einheit? Sind wir nicht gewesen, seit ich denken kann.

Ich weiß so wenig von meiner eigenen Tochter. Meiner eigenen Tochter! Wie das klingt. Schon in ihrem Alter hatte ich mir vorgenommen, das nie zu sagen, weil ich es gehasst habe, wenn Mama immer auf Besitzverhältnisse pochte. Meine Wohnung, mein Mann, meine Tochter, meine Bettwäsche, meine Bücher, mein Geschirr, mein, mein, mein. Wenigstens habe ich es nur gedacht, nicht gesagt. Aber weh tut es schon, plötzlich zu merken: Sie ist dir fremd. Ich bin ja selbst erschrocken, als mir klar wurde, dass unsere Wohnung einmal einer jüdischen Familie weggenommen worden ist, warum sagt man nicht ehrlicherweise geraubt? Aber es waren doch nicht meine Eltern oder meine Großeltern, die das getan haben. Mir wäre es auch lieber gewesen, Mama hätte sich anders verhalten, als Frau Greenburg hier war. Ich habe mich geschämt, klar. Aber Lena scheint ja an gar nichts anderes mehr zu denken. Das ist doch nicht normal.

Irgendwie habe ich das Gefühl, da steckt etwas ganz anderes dahinter, wenn ich bloß wüsste, was. Ich würde ihr so gerne helfen, aber sie lässt mich ja nicht an sich heran. Dabei versuche ich doch sie zu verstehen.

Ich erinnere mich auch gut daran, wie ich in ihrem Alter war. Was hat Mama getobt, als ich nach dem Tod von Elvis alle meine Jeans und Pullover schwarz färbte. Das Poster von ihm habe ich mit schwarzem Tüll umrahmt, in den ich getrocknete Rosen steckte. Dann saß ich da im verdunkelten Zimmer, vor mir eine Kerze, habe *Love me Tender* immer wieder gespielt und dabei geweint. Meine Freundinnen und ich haben gewetteifert, wer dunklere Trauerringe unter den Augen hatte.

Die Trauer um Elvis Presley war ein warmes Gemeinschaftsbad, ich gebe zu, dass wir uns darin gesuhlt haben.

Lena, ich würde dich ja so gern verstehen.«

Lena nickte. Sie wusste, dass das nicht genügte, aber mehr konnte sie beim besten Willen nicht tun. Die Mutter musterte sie traurig.

Es war gut, dass sie noch Hausaufgaben machen musste, auch wenn sie die ganze Zeit über wusste, dass die Mutter im Wohnzimmer wartete. Sie schrieb langsamer als sonst, richtig ordentlich. Als sie fertig war, liefen schon die Nachrichten im Fernsehen. Der Aetna stand kurz vor einem Ausbruch. Über den Bildschirm wälzte sich ein rot glühender Lavastrom. Im Kosovo wurde gekämpft, Kurden demonstrierten, an einigen Protestmärschen nahmen auch Türken teil, in Afrika drohte eine Dürrekatastrophe. Feuchte Atlantikluft brachte neue Schneefälle bis in tiefe Lagen, vor Glatteis wurde gewarnt.

»Hast du gesehen?«, fragte die Mutter. »Von den Leuten auf der Straße, die sie in Belgrad interviewt haben, wollten nur die wenigsten diesen Krieg. Trotzdem geht er weiter.«

»Ja«, sagte Lena.

»Als ich in deinem Alter war, gab es den Spruch *Stell dir vor, es ist Krieg und keiner geht hin*. Ich hatte eine Postkarte mit diesem Spruch an meiner Zimmertür, wir schrieben ihn auf Mauern und Plakate. Aber der Krieg wartet nicht, bis einer hingeht, er kommt einfach und reißt alles mit.«

»Das ist etwas anderes! Darum geht es nicht!«

»Worum geht es dann?«

»Wenn ich so weit bin, sag ich's dir.« Natürlich hielt die Mutter das für eine unerträgliche Frechheit. Sie fuhr auf, beherrschte sich mit einiger Mühe, legte beide Hände mit gespreizten Fingern auf ihre Oberschenkel.

»Tut mir Leid, Mama.«

»Mir auch.«

Am nächsten Tag ging Lena nach der Schule zum Kunsthistorischen Museum und kaufte eine Postkarte der blonden Infantin. Sie setzte sich auf die vorletzte Stufe, benützte ihr Englischbuch als Unterlage und schrieb:

Jetzt sind Sie irgendwo über dem Atlantik. Schade, ich hätte so viele Fragen. Wollen Sie nicht doch bald wieder nach Wien kommen? Es grüßt Sie herzlich – Ihre Lena.

Eigentlich hatte sie ganz etwas anderes schreiben wollen. Sie wusste nur keine Worte für das, was sie sagen wollte. Vielleicht verstand Frau Greenburg auch so.

Schließlich war die kleine Infantin ihre Freundin gewesen.

In der Straßenbahn unterhielten sich zwei Männer. Sie hatten beide laute Stimmen, bemühten sich auch nicht sie zu dämpfen, im Gegenteil, nach jedem Satz blickten sie Zustimmung heischend um sich. Man hatte wieder einmal illegale Grenzgänger aufgegriffen, eingepfercht in einen kleinen Lieferwagen, Männer, Frauen und Kinder, die würden jetzt abgeschoben. »Aber das ist ja nur die Spitze des Eisbergs«, sagte der ältere Mann. »Einen kriegen sie, zehn gehen ihnen durch die Lappen, bald wird es so weit sein, dass mehr Fremde da sind als Unsrige. Und wir müssen für sie aufkommen. Was die allein an Kinderbeihilfe kassieren.« Er deutete mit dem Kinn auf die zwei Frauen im Kopftuch, die sich auf ihren Sitzen sehr klein machten, und auf den jungen Schwarzen, der an der Tür stand. »Bei uns im Haus stinkt's nach Knoblauch, dass du glaubst, du bist in Anatolien, die Kinder toben bei den Mistkübeln, jetzt halten sie auch schon Hühner im Hof. Ich warte nur darauf, dass Schafe dazukommen, die werden sie dann garantiert auch dort schlachten.« Er warf einen strengen Blick auf die beiden Frauen. »Das war einmal ein anständiges Haus. Ich sag ja nicht, dass es unter denen nicht gute Leute gibt, bei uns gibt's auch solche und solche, aber wenn sie bereit wären zu arbeiten, wie wir gearbeitet haben nach dem Krieg, dann bräuchten sie nicht von daheim wegzulaufen.« Der andere stimmte ihm zu. »Wo wären wir, wenn wir alle weggerannt wären in den schlechten Zeiten? Sag mir das! Uns hat auch keiner geholfen.«

Jetzt müsste ich aufstehen und sagen, dass man uns sehr wohl geholfen hat, dass es einen Marshallplan gegeben hat, dass wir ziemlich viel Geld bekommen haben und ganz sicher nicht allein und mit nackten Händen das Land wieder aufgebaut haben, dachte Lena. Aber sie blieb sitzen.

Schon im Treppenhaus duftete es nach Vanille und Zimt. Oma nahm einen Streuselkuchen aus dem Backofen. Auf dem Herd blubberte eine Gemüsesuppe, eine große Schüssel Salat stand auf dem Tisch. Oma hatte rote Wangen, ihre Haare kräuselten sich an den Schläfen.

»Na, Lenamädchen? Alles in Ordnung in der Schule? Wasch dir schnell die Hände, das Essen ist fertig.«

Wie immer füllte Oma Lenas Teller, als hielte sie ihre Enkelin für halb verhungert. Wie immer verfolgte sie jeden Löffel auf dem Weg zu Lenas Mund mit gespanntem Interesse.

»Schmeckt's?«

»Wunderbar.«

»Nicht zu viel Zwiebel?«

»Nein, köstlich.«

Endlich konnte Oma selbst den ersten Löffel kosten, runzelte die Stirn, lächelte dann, sagte: »Doch. Die Suppe ist essbar«, als wäre sie überrascht.

Oma erzählte von einer Schulfreundin, die sie gestern in der U-Bahn nach mehr als zwanzig Jahren getroffen hatte, von dem Wellensittich, der ihrer Nachbarin zugeflogen war und pausenlos schwätzte, nur waren sie noch nicht draufgekommen, in welcher Sprache. Sie erzählte witzig, Lena lachte, aber sie wusste genau, dass Oma nur redete, um keine Stille aufkommen zu lassen, in der die Begegnung mit Frau Greenburg zwischen ihnen als Mauer aufstehen könnte. Nach dem Essen stellte Oma das Bügelbrett auf. »Und du machst deine Hausaufgaben.«

Lena breitete die Schulsachen auf dem Schreibtisch aus, fing an in ihrem Englischbuch zu lesen und stellte nach einer Weile fest, dass sie keine Ahnung hatte, wovon da die Rede war. Dabei hatte sie Wort für Wort gelesen, es kamen auch keine Vokabeln vor, die sie nicht kannte. Hilfe, dachte sie. Ich bin doch nicht verrückt. Also noch einmal von vorne.

A day in London. London Bridge is falling down, falling down, falling down. Down under, das ist Australien. Australien war einmal eine Strafkolonie. Die Kaninchen haben sich mangels natürlicher Feinde so stark vermehrt, dass sie zur Landplage wurden, da hat man Füchse ins Land gebracht. Jetzt bedrohen die Füchse die Tierwelt des fünften Kontinents. Waren es die Bergkängurus, von denen es nur mehr zweihundert Exemplare gab? Kängurumännchen lieferten einander Boxkämpfe, wenn es um Weibchen ging. Känga gab Ruh ein Stärkungsmittel, das scheußlich schmeckte. Wahrscheinlich Lebertran. Die Leber ist das Organ, welches . . . Was? Blut bildet? Blut reinigt? Links oder rechts oder in der Mitte? Hinter meiner, vorder meiner, links rechts gilt nicht, ich komme!

Oma hatte den Fernseher eingeschaltet. Sie sagte immer, Bügeln und Fernsehen sei eine ideale Kombination. Gelächter dröhnte herüber, sehr unnatürliches Gelächter. Wenn man selbst vor dem Bildschirm saß, merkte man nicht so sehr, wie falsch es klang.

Als die Mutter heimkam, tranken sie Kaffee, aßen Streuselkuchen, waren sehr höflich und nett zueinander.

Oma schob die Brösel auf ihrem Teller zu einem ordentlichen Häufchen, räusperte sich. »Ich will nur eines klarstellen, Monika. Es ist ungerecht, mich in einen Topf mit alten Nazis zu werfen. Ich hoffe, dass du das zurücknimmst.«

»Aber Mama, niemand wirft dich in einen Topf! Erstens überhaupt nicht und zweitens . . . jetzt weiß ich nicht, was ich sagen wollte. Ins Unrecht gesetzt hast du höchstens dich selbst mit der Art, wie du dich Frau Greenburg gegenüber verhalten hast.«

Oma biss sich auf die Lippen. Fast tat sie Lena Leid, wie sie so dasaß. Sie schüttelte mehrmals den Kopf. »Am liebsten würde ich jetzt gehen«, sagte sie. »Aber es ist mir wichtig, dass ihr beide mich versteht. Ihr könnt euch ja Gott sei Dank nicht vorstellen, wie das war nach Kriegsende, ihr kennt so etwas nur aus dem Fernsehen, und da stinkt nichts, da weiß man, es ist gleich vorbei, in fünf Minuten kommt der Wetterbericht. Aber damals, da wusste niemand, wann und ob es je vorbei sein würde, da war ständig die Angst, Tag und Nacht, schlimmer noch als der Hunger. Die jungen Frauen haben sich die Gesichter geschwärzt und die formlosesten Kittel angezogen, damit sie nicht vergewaltigt würden. Am Anfang wussten wir Kinder nicht, was das war, ›vergewaltigen‹, bis die Ingrid zusehen musste, wie sie über ihre Mutter und ihre Großmutter hergefallen sind, drei Männer mit Stiefeln, und sie hat es uns haarklein erzählt unten im Hof. Jeden Tag neue Geschichten, es hat nicht geholfen, dass meine Mutter versucht hat uns in der Wohnung zu halten, den Kleinen und mich, ich musste ja einkaufen gehen, zu Kindern waren sie freundlich, die russischen Soldaten. Immer hat sie geklagt, dass sie unser nicht Herr wird, das waren ihre Worte, aber in solchen Zeiten, hat sie gesagt, kann es ja nicht einmal einen winzigen Flecken geben, wo die Welt noch in Ordnung ist. Die Gucki aus dem zweiten Stock hat erzählt, dass sie Menschen schlachten in Kellern, wo ein geheimes Kreidezeichen an der Tür ist, ihre eigene Tante, hat sie gesagt, hat auf dem Schwarzmarkt Schnitzel gekauft, und weil die so komisch geschmeckt haben, ist sie damit zum Marktamt gegangen, und die haben gesagt, das ist Menschenfleisch. Wir sind runter in den Keller gelaufen, und als wir ein Zeichen an der Tür sahen, sind wir schreiend hinaufgestürzt. Dann war wieder Schule, und sie haben uns ins Kino geführt und uns einen Film gezeigt von der Befreiung von Auschwitz. Immer wieder hab ich die Augen zugemacht und hab sie doch gleich wieder aufreißen müssen. Jetzt noch, wenn jemand so eine Brille mit Metallgestell auf den Tisch legt und die Bügel zittern, sehe ich den Brillenberg vor mir. Dabei war der doch wirklich nicht das Schlimmste. Ich höre noch, wie unsere Lehrerin zu dem russischen Offizier sagt, dieser Film ist wirklich nichts für Kinder, und er antwortete: Wissen Sie, wie vielen Kindern man genau das angetan hat, was Ihre Kinder nicht sehen sollen? Ja, und dann kam mein Vater nach Hause und ich wusste nur, dass er in russischer Kriegsgefangenschaft gewesen war, er erzählte manchmal von der Kälte, vom Hunger, von der harten Arbeit, aber nie von der Zeit vor der Gefangenschaft. Ich hab auch nicht danach gefragt. Ich bin ihm ausgewichen, ich mochte seinen Geruch nicht, auch als er längst gebadet war und frische Sachen anhatte. Meistens lag er im Bett, er fand keine Arbeit, herrschte uns an, schimpfte mit Mutter. Sie versuchte uns fern zu halten, aber in Zimmer-Küche-Kabinett ist das nicht so einfach. Irgendwann zeigten sie uns wieder einen Film von deutschen Soldaten in Russland, ich hatte schreckliche Angst, ich könnte Vater auf der Leinwand erkennen. Einmal wurden wir zur Beichte geführt, da versuchte ich dem Pfarrer zu sagen, dass ich befürchtete, mein Vater könnte ein Mörder sein. Er sagte nur, wir seien nun einmal leider keine Heiligen, wir bedürften alle Gottes Barmherzigkeit, und dann fragte er, ob ich Unkeuschheit getrieben hätte, allein oder mit anderen, und gab mir drei Ave Maria auf und drei Vaterunser. Ich bin nie wieder zur Beichte gegangen, bis zum Tag vor meiner Hochzeit, da musste ich. Was immer mein Vater getan haben mag, meine Mutter hat es gebüßt und wir mit ihr, ich mehr als mein Bruder, und jetzt will ich nichts mehr davon hören, und euch bin ich erst recht keine Rechenschaft schuldig.«

Sie hatte immer schneller gesprochen, immer leiser. Jetzt schwieg sie.
Mutter griff nach Omas Hand, Oma entzog sie ihr.
»Natürlich bist du uns keine Rechenschaft schuldig«, sagte die Mutter. »So war das nicht gemeint. Ich dachte nur . . .« Sie fing an zu weinen.
Oma kreuzte die Hände über der Brust, als wäre ihr kalt. »Es wird immer Unrecht geben auf der Welt. Wie

heißt's im *Rosenkavalier?* Und man ist dazu da, dass man's erträgt. Und in dem Wie, da liegt der ganze Unterschied. Oder so ähnlich. Ich bin's nur so leid, wenn ich geradestehen soll für etwas, das andere getan haben. Wer hat mich denn gefragt? Keiner. Fragt mich ja heute noch keiner.«

Lena sah ihre Großmutter an, meinte sie zum ersten Mal so zu sehen, hatte sie plötzlich sehr lieb, obwohl oder vielleicht gerade weil sie im Unrecht war.

»Na gut«, sagte Oma. »Waschen wir das Geschirr. Ich möchte rechtzeitig heimkommen, bevor *Universum* beginnt.«

»Könntest du doch auch mit uns anschauen«, sagte die Mutter.

»Ich fahre nicht gerne so spät nach Hause.«

»Ich kann dich doch heimbringen«, bot die Mutter an.

»Nein, nein. Lieb von dir, aber bleib du bei deinem Kind.«

Sie meinten beide etwas ganz anderes, jede wusste es von der anderen und Lena wusste es auch.

»*Urahne, Großmutter, Mutter und Kind in dumpfer Stube beisammen sind*«, sagte Oma.

»Nein, Mama, bitte«, wehrte die Mutter ab. »Ich mag diese grausigen Geschichten nicht.«

Lena wusste nicht, was das nun wieder bedeuten sollte. Noch bevor sie fragen konnte, erklärte Oma, man könne heutzutage natürlich nicht erwarten, dass Kinder in der Schule richtige Literatur kennen lernten.

»Wir haben noch jede Menge Balladen auswendig gelernt, den *Erlkönig*, *Die Glocke*, *Des Sängers Fluch* und natürlich auch *Das Gewitter*, aus dem die Zeile ist, die ich aufgesagt habe. *Es spielet das Kind, die Mutter sich schmückt, Großmutter spinnet; Urahne, gebückt,/sitzt hinter dem Ofen im Pfühl.–/Wie wehen die Lüfte so schwül!* Jetzt weiß ich nicht, wie's weitergeht.« Oma musterte Lena mit einem Blick, der deutlich sagte, dass es ihre Schuld war, wenn Großmutter nicht weiterwusste.

»Bei der Untersuchung im Krankenhaus, in dieser grausigen Röhre, wie hieß das noch einmal, ist ja egal, also wo man in so einer Art Sarg liegt, und es klopft und dröhnt, da habe ich mir die ganze *Bürgschaft* vorgesagt, lautlos natürlich, und die Assistentin hat erklärt, eine so perfekte Patientin hätten sie noch nie gehabt. Da sieht man wieder, wie nützlich es ist, wenn man etwas auswendig kann. Das Ende dieser Ballade ist jedenfalls: *Sie hören's nicht, sie sehen's nicht,/Es flammet die Stube wie lauter Licht:/Urahne, Großmutter, Mutter und Kind/Vom Strahl miteinander getroffen sind./Vier Leben endet ein Schlag –/Und morgen ist's Feiertag.*«

»Bravo«, sagte die Mutter. »Da müssen wir ja fast froh sein, dass morgen ein ganz gewöhnlicher Arbeitstag ist.«

Großmutter lächelte.

Die Stimmung hatte wieder umgeschlagen. Berg- und Talbahn war nichts dagegen.

Beinahe jeden Tag stand etwas über die Rückgabe geraubten Gutes in der Zeitung, über Sammelklagen von Opfern. Früher hatte Lena nicht darauf geachtet, jetzt musste sie jeden dieser Artikel lesen. Sie betrachtete die Siebzig- und Achtzigjährigen auf der Straße anders als zuvor, überlegte: Hat der Schaufenster eingeschlagen? Hat der *Juda verrecke* auf Ladentüren geschmiert? Hat die gelacht, als ihre jüdischen Nachbarn auf Lastwagen abtransportiert wurden? Erinnerten sie sich an das, was sie getan hatten? Einmal versuchte sie mit Veronika darüber zu reden. Veronika winkte ab. Diese ewigen Geschichten von Verfolgung und Gräueltaten könne sie nicht mehr hören. Was hätten die mit ihr zu tun? Gar nichts. Manche Leute bekämen anscheinend nicht genug von den Schilderungen, sie fände das pervers. Man sollte sich lieber um das kümmern, was jetzt auf der Welt geschähe.

»Aber das hängt doch alles zusammen!«, wandte Lena ein.

Veronika meinte, man könne nicht gleichzeitig nach vorne und zurückschauen, wenn man nicht zufällig vorne und hinten Augen habe wie dieser römische Gott, der so heiße wie der, der *0 wie schön ist Panama* geschrieben habe. »Januskopf«, endete sie triumphierend.

Noch vor kurzem hätte ich ihr vielleicht sogar Recht gegeben, dachte Lena. Musste man wirklich einen ganz bestimmten Menschen kennen lernen, um zu ahnen, dass das Vergangene auch mit einem selbst zu tun hatte?

Zum ersten Mal seit langer Zeit dachte Lena an ihren Vater, sie hätte gern mit ihm über so viele Fragen gesprochen, sie wusste auch nicht, warum. Bestimmt nicht, weil sie Antworten erwartete. Aber Vater war schon seit zwei Jahren in Nicaragua, er sollte eine Fabrik einrichten, das dauerte viel länger als geplant, vielleicht hatte er ja auch eine neue Familie dort. Anfangs hatte er ihr jede Woche geschrieben, jetzt bekam sie zum Geburtstag und zu Weihnachten ein Päckchen und einen Brief von ihm. Ob er sie verstehen würde?

»Mit dir kann man wirklich nicht mehr reden«, sagte Veronika. »Ich würde es ja noch verstehen, wenn du Jüdin wärst.«

Im Fernsehen zeigten sie Ausschnitte vom Prozess gegen den mutmaßlichen Bombenbastler. Bastler klang so harmlos. Aber die Bomben, die der Mann gebaut hatte, hatten vier Roma getötet und seine Briefbomben hatten Menschen für immer gezeichnet. Bei der Verhaftung hatte eine seiner eigenen Bomben ihm beide Hände abgerissen. Das verzerrte Gesicht des

Mannes mit den Armstümpfen und seine hasserfüllten Parolen verfolgten Lena. Hatten die Leute solche Gesichter gehabt, als sie Hitler zujubelten? Und die, die jüdische Geschäfte verwüstet und geplündert, die Menschen verprügelt und gequält hatten, Juden und Nicht-Juden, bevor das große Morden begann? Waren das die, die jetzt im Park Vögel fütterten, ihre Hunde tätschelten, Schach spielten? So viele Fragen.

Jeden Tag nach der Schule rannte Lena zum Briefkasten, jeden Tag wurde sie aufs Neue enttäuscht. Frau Greenburg schrieb nicht. Hatte sie Lena schon vergessen? War sie krank? War sie erleichtert, Wien und alles, was damit zusammenhing, hinter sich gelassen zu haben? Aber sie hatte doch gesagt: Ich bin froh, dass ich dich getroffen habe. War sie nur in Wien froh darüber gewesen? Galt das nicht für Vancouver? So wichtig bist du nicht, sagte sich Lena, das tat weh, aber sie sagte es sich immer wieder, so wie man mit der Zunge einen schmerzenden Zahn berührt.

Mutter war mit ihrem Projekt beschäftigt, hatte sogar beim Essen Papierstapel neben sich liegen, in die sie immer wieder einen Blick warf, tippte Zahlenkolonnen in den Taschenrechner, machte Notizen, suchte irgendwelche Zettel. Gleich darauf entschuldigte sie sich. »Ich verspreche dir, es wird bald besser. Dann machen wir es uns richtig schön, du und ich, ja?«

An einem Samstagvormittag war Lena auf der Suche nach einem Geburtstagsgeschenk für die Mutter. Sie wanderte durch die Innenstadt, fand sich plötzlich in der Judengasse wieder. Auf dem Platz vor der Ruprechtskirche stand ein Polizist mit Maschinengewehr im Anschlag, weiter unten in der Seitenstettengasse standen noch zwei. Männer mit breitkrempigen pelzbesetzten Hüten und langen Mänteln spazierten ins Gespräch vertieft die Straße herauf, vor ihnen her liefen Buben mit Käppchen und Schläfenlocken und kleine Mädchen, die aussahen, als würden sie sich nie schmutzig machen, hinter ihnen gingen Frauen, jüngere und ältere, die sich lebhaft unterhielten. Eine von ihnen erinnerte Lena an Frau Greenburg. Sie sah den Familien nach. Die wirkten, als ob sie froh wären, zusammen unterwegs zu sein, als ob es bei ihnen kein böses Schweigen gäbe, das einem die Luft zum Atmen nahm. Lena stand noch da, als sie längst in die Seitengasse eingebogen waren.

Juden sind nicht die besseren Menschen, hatte Frau Greenburg gesagt und mit einem schiefen Lächeln hinzugefügt: »Aber ich glaube doch, dass etwas dran ist an der Behauptung einer Freundin, Gerechtigkeit sei eine jüdische Erfindung. Die Sehnsucht nach Gerechtigkeit ist jedenfalls stark unter meinen Leuten. Sie haben ja auch über Jahrhunderte am eigenen Leib erfahren, was Unrecht bedeutet.«

Zwei ältere Frauen schlenderten die Gasse herauf, Arm in Arm. Ein paar Schritte von Lena entfernt blieben sie stehen und lachten mit zurückgeworfenen Köpfen. Ihr Lachen klang schön. Viele Menschen lachten meckernd, gackernd, schrill, die Ohren taten einem weh dabei. Diese beiden lachten so, dass Lena Lust bekam, zu ihnen hinzuzutreten und mit ihnen zu lachen.

Sie bog in die kleine Seitengasse ein, studierte das Fenster der Buchhandlung. Vor einer Buchhandlung konnte man stehen, ohne aufzufallen. Es dauerte lange, bis Lena bewusst wurde, dass die Bücher alle in englischer Sprache waren. Sie betrat die Buchhandlung.

Eine Rauchwolke waberte zwischen den Regalen, kratzte Lena im Hals. Aber das Lächeln der Frau hinter der Theke war so einladend, dass sie sich sofort wohl fühlte. Sie blätterte in einem Bildband, blieb an einem Foto hängen, auf dem eine Frau im langen Kleid in einer Sandwüste unterwegs war. Das Tuch oder der Schleier der Frau flatterte hinter ihr her, und dennoch spürte Lena beim Anschauen eine Starre, eine Beklemmung. Diese großen Schritte gingen nirgendwo hin. *Das Schöne an der Wüste ist, dass sie irgend-*

wo einen Brunnen hat, fiel ihr ein. Diese Wüste hatte keinen Brunnen.

Veronika hat Recht. Ich spinne wirklich. Ob sich Mama über dieses Buch freuen würde? Bestimmt. Aber so viel Geld habe ich nicht. Sie legte das Buch zurück.

»Kann ich dir helfen?«, fragte die Buchhändlerin.

Schön wär's, dachte Lena und sagte: »Ich brauche ein Geschenk für meine Mutter. Vielleicht einen Krimi.«

Die Frau schob Prospekte und Bücher zur Seite, legte einen Stapel Taschenbücher auf die Theke. Sie sagte ein paar Sätze zu jedem Buch und lud Lena ein, in Ruhe zu schmökern.

Schon auf den ersten Seiten hätte Lena ein Wörterbuch gebraucht, das fand sie ziemlich enttäuschend. Hoffentlich waren Mutters Englischkenntnisse weniger lückenhaft, sonst würde das Lesen in Arbeit ausarten. Die Buchhändlerin war mit irgendwelchen Papieren beschäftigt, hin und wieder blickte sie auf und lächelte Lena zu. Es war gut, hier zu sein.

Eine Kirchenglocke begann zu läuten, gleich darauf fielen andere ein. Zwölf Uhr, höchste Zeit, sich auf den Weg zu machen. Mit einem schön verpackten Buch in der Tasche lief Lena zur Straßenbahn.

Die Mutter schreckte auf, als Lena ihr Zimmer betrat. »So spät schon? Hoffentlich bist du nicht allzu hungrig, ich hab noch gar nicht angefangen zu kochen.« Wenigstens hatte sie nicht gewartet.

Lena erklärte, sie würde kochen. Ihr Sugo war durchaus essbar, fand sie.

Die Mutter nickte und kehrte zu ihren Berechnungen zurück. Lena musste zweimal rufen, bevor sie zum Essen kam.

»Ich hatte wirklich gehofft, bis gestern Abend fertig zu sein. Aber dann ist mir der Computer abgestürzt. Magst du nicht eine Freundin einladen für den Nachmittag?«

Welche Freundin?, dachte Lena. Anne hat sich auch beklagt, dass sie zwar viele Freundinnen habe, aber keine richtige Freundin. Vorher natürlich. Vor der Zeit im Hinterhaus-Versteck.

Lena schüttelte den Kopf. »Ich muss Klavier üben und für die Schule habe ich auch zu tun.«

»Morgen machen wir einen Ausflug«, versprach die Mutter.

Die Ampel im Vorzimmer hatte Frau Greenburgs Eltern gehört. War das auch ihr Klavier? Ich muss sie fragen. Aber sie hat nicht geschrieben. Vielleicht will sie gar nichts mehr von mir wissen. Es könnte auch sein, dass meine Karte verloren gegangen ist. Mama sagt immer, dass die Post unzuverlässiger geworden ist, die nehmen einfach an, wenn es wichtig wäre, hätten die Leute ein Fax oder eine E-Mail geschickt. *Snail mail* heißt es jetzt, wenn man einen normalen Brief schickt. Schneckenpost per Luftpost, wie ging das?

Per Luftschnecken? Warum nicht! Es gab Luftschlangen, warum keine Luftschnecken? Ob ich ihr noch einmal schreibe? Bin ich dann nur lästig? Jetzt hat sie ihre Freunde, ihre Familie. Sie hat nie von einer Familie gesprochen. Hat sie keine Kinder?

»Ich dachte, du wolltest Klavier üben!«

»Gleich!«, rief Lena zurück. Das war das Unangenehme am Klavierüben. Wenn man nicht lernte, fiel es nicht auf, jedenfalls nicht zwei Zimmer weiter. Seufzend begann sie Tonleitern zu spielen. Das Fis klemmte immer wieder, das Klavier musste gestimmt werden. Da stimmt etwas nicht, es stimmt nicht, sang Lena lautlos zu ihren Tonleitern. Stimmen war auch so ein Wort mit vielen Bedeutungen. Wenn man anfing über Wörter nachzudenken, wurde einem schwindlig.

Sie blätterte in ihren Noten, fand eine Sarabande, bei der sie richtig in die Tasten hauen konnte.

Die Mutter kam in Lenas Zimmer. »Schön war das. Der Tee ist fertig.« Manchmal hatte Lena das Gefühl, dass Musik für ihre Mutter vor allem laut sein musste. Nein, das war ungerecht. War es eben ungerecht. Auch gut. Auch schlecht.

Die Teetassen standen auf dem Couchtisch. Der Esstisch war ebenso wie der Schreibtisch voll belegt, aber die Mutter behauptete, das Chaos lichte sich langsam. Dann fiel ihr Blick auf die Papierberge, sie schnitt eine

Grimasse und hob die Schultern bis zu den Ohren. »Es sieht zwar nicht so aus, aber da ist wirklich fast schon Ordnung«, sagte sie.

»Mama, meinst du nicht, wir könnten Frau Greenburg die Ampel zurückgeben?«

»Welche Ampel? Und wieso zurückgeben?«

»Die aus dem Vorzimmer. Ich habe genau gesehen, wie sie erschrocken ist, als sie die Ampel sah. Die hat bestimmt ihnen gehört.«

»Wie stellst du dir das vor? Soll ich die Lampe nach Kanada schicken? Die geht wahrscheinlich schon beim Runternehmen endgültig kaputt, spätestens beim Transport. Und wer sagt denn, dass deine Frau Greenburg überhaupt Interesse daran hat? Wer sagt, dass du dir das nicht bloß eingebildet hast? Kann ja durchaus sein, dass sie eine ähnliche hatten, die waren einmal sehr in Mode. Heute kann man sie übrigens wieder kaufen.«

»Nicht dieselbe.«

»Dieselbe nicht, aber die gleiche. Ohne Dellen und fehlende Schnüre. Da fällt mir ein, dein Vater hat diese Ampel bei einem Trödler gekauft, kurz vor deiner Geburt. Sie war sehr billig, weil sie eben nicht in Ordnung war.« Lena zuckte mit den Schultern. Zwischen Mutters Brauen entstand eine tiefe Falte.

Schweigen wuchs zwischen ihnen, brach sich an den Wänden, schwappte auf sie zurück. Aber es gab nichts, das Lena dagegen tun konnte.

Das Telefon läutete. Die Mutter sprang auf, klammerte sich an den Hörer. Lena ging in ihr Zimmer, versuchte Vokabeln zu lernen. Nach einer Stunde blätterte sie zum ersten Mal um.

Woher nimmt Lena das Recht, über ihre eigene Mutter zu urteilen? Ich dürfte mir das nicht gefallen lassen. Man würde glauben, ich hätte die Juden eigenhändig beraubt. Dabei habe ich mit dem Krieg und den Nazis so wenig zu tun wie Lena. Selbst meine Mutter war damals ein Kind. Ohrfeigen könnte ich Lena, vielleicht brächte sie das zur Vernunft.

Verrückt. Ich wollte immer, dass sie kritikfähig wird, und wenn sich ihre Kritik gegen mich wendet, halte ich es nicht aus. Das stimmt nicht. Ich halte ihre Kritik sehr wohl aus, in allen anderen Dingen. Aber wie komme ich dazu, von ihr ausgerechnet in die Ecke gestellt zu werden, die ich hasse? Diese Überheblichkeit, die sie plötzlich an den Tag legt. Aber vielleicht hat das gar nicht nur mit Frau Greenburg zu tun. Doch! Es ist ja schon fast so, dass ich über sie mehr nachdenken muss als über Lena. Als säße sie im Nebenzimmer und würde auf etwas warten.

Unsinn, ich bin überarbeitet. Was geht mich diese Frau an? Sie ist sympathisch, zugegeben, aber was soll an ihr so Besonderes sein? Fast habe ich das Gefühl, Lena glaubt, wenn sie sich Frau Greenburg als Ersatzgroßmutter wählt, dann gehört sie selbst zu der Gruppe der Opfer, dann kann sie sich verabschieden aus der Gruppe der Täternachkommen. Sie wäre fein heraus, müsste sich nicht mehr herumquälen mit der Frage nach vergangener oder ererbter Schuld.

Vielleicht muss man zuerst wissen, wer man ist, bevor man sich der Schuld stellen kann. Sieht man ja auch an Österreich. Gleich nach dem Krieg konnten die Menschen in diesem Land wahrscheinlich nur mit sich selbst und ihrer eigenen Vergangenheit zurechtkommen und sich eine Zukunft vorstellen, wenn sie sich als Hitlers erstes Opfer sahen, Opfer und daher von vornherein unschuldig.

Plötzlich war Österreich nur noch das Land, das den Figaro komponiert, das die Schiffsschraube erfunden hatte oder die Nähmaschine. Daran knüpften wir unsere Identität.

Heute steht die Zugehörigkeit zu diesem Land außer Zweifel, und weil sie außer Zweifel steht, können wir uns endlich der Vergangenheit stellen. Zugehörigkeit schließt eben alles ein, ein Erbe kann man nur ungeteilt übernehmen, mit den Ratten im Keller, mit den verrotteten Balken. Man kann sich sein Land ebenso wenig aussuchen wie seine Familie. Ich hätte mir auch nicht ausgesucht, die Tochter meiner Mutter zu sein. Wirklich nicht. Von einem Mann kann man sich scheiden lassen, von einem Kind nicht, von einer Mutter nicht, von den Geschwistern nicht. Mag sein, dass die Liebe für immer und ewig ein schönes Märchen ist. Tochter für immer und ewig ist Wirklichkeit.

Bin ich am Ende nur eifersüchtig? Lächerlich. Ich habe mich immer gefreut, wenn Lena andere Erwachsene mochte, nicht nur an meinem Rockzipfel hing.

Rockzipfel. Wie oft trage ich einen Rock? Aber wer würde sagen: Sie hängt an meiner Hosennaht? Hände an die Hosennaht. Wie war das mit *Köpfchen senken, Händchen falten?* Hat einen üblen Nachgeschmack, ich weiß auch nicht, warum. War das nicht etwas, das Mutter erzählt hat aus ihrer Kindergartenzeit? Egal, ich hab's vergessen, wie alles, was ich mir merken wollte.

Ich habe nie gedacht, dass es so schwer sein könnte, Mutter zu sein. Ist ja wirklich komisch. Irgendwann glaubte ich tatsächlich, was für ein Glück Lena hätte, mich zur Mutter zu haben. Dass ich so naiv sein konnte … Was ist da aufgebrochen zwischen uns? Ich glaube nicht, dass es um die Vergangenheit geht, jedenfalls nicht nur um die Vergangenheit. Gott, wie ich meine Mutter beneide. Die hat sich nie herumgeschlagen mit Zweifeln, ob sie im Recht ist oder nicht, die war immer überzeugt, das Richtige zu tun. Oder habe ich mir das am Ende auch nur eingebildet? Ist sie gar nicht so unbeirrt?

Eines muss man dieser Frau Greenburg lassen, sie hat

mich dazu gezwungen, über eine Menge Dinge neu nachzudenken.

Ich weiß nicht einmal, wer die Leute waren, die vor uns in dieser Wohnung lebten. Hab mich nie dafür interessiert. Wie hätte ich auf die Idee kommen sollen, dass da etwas nicht mit rechten Dingen zugegangen ist? Bin ich verantwortlich für wildfremde Leute? Haben sich unsere Vorgänger in der Wohnung eingenistet, die Frau Greenburgs Eltern gehörte, oder schon deren Vorgänger? Ich könnte Herrn Kattner fragen, der wüsste es bestimmt. Der ist hier im Haus geboren und weiß mehr über alle Leute im Viertel, als sie selbst wissen. Ich sollte wirklich an die Arbeit gehen, statt nur so dazusitzen. Der Riss in der Decke geht auch wieder auf, dabei haben wir ihn doch gut vergipst vor dem letzten Anstrich. Ob der schon zu ihrer Zeit da war? Jetzt weiß ich's wieder: *Händchen falten, Köpfchen senken, an den guten Führer denken.* Oder so ähnlich. Was hat dieser Schwachsinn in meinem Kopf verloren? Steckt das wirklich die Kinder und Kindeskinder an wie eine furchtbare Erbkrankheit?

Seit gestern Abend bombardiert die NATO militärische Ziele in Restjugoslawien«, sagte die Sprecherin. Die Mutter stellte ihre Tasse zurück. Kaffee schwappte aufs Tischtuch. Sie starrte das Radio an. Als die Nachrichten vorbei waren und Klaviermusik aus dem Apparat tönte, stand sie auf, knetete ihren Nacken. »Mein Vater hätte gesagt, wir müssen sofort Reis, Zucker, Öl und Konserven kaufen. Grundnahrungsmittel. So hat er auf jede Krise reagiert.« Sie drückte Lena an sich. »Hab keine Angst, mein Schatz.«

Lena war noch gar nicht so weit gekommen, Angst zu haben. Sie hatte die Nachricht gehört so wie alle Nachrichten, immerzu geschah etwas Furchtbares, anderswo, anderen Menschen, man sagte »schrecklich« und gleich darauf: »Weißt du, wo mein Turnzeug ist?« Jetzt klang Mutters Stimme so, dass Lena eine Beklemmung spürte, irgendwo in ihrem Inneren wurde eine Schraube angezogen.

»Hast du dein Pausenbrot eingepackt? Ich glaube, du nimmst doch besser die wärmere Jacke.«

Lena war drauf und dran zu sagen: Pausenbrot und warme Jacke sind gut gegen den Krieg, und Zitronen sind gut gegen Erkältung, sie sagte nichts, nickte nur.

»Ich komme heute bestimmt früh heim«, versprach die Mutter.

Als sie an der Kreuzung wartete, bis die Ampel Grün zeigte, drängte sich plötzlich ein Bild aus dem Fernsehen vor ihre Augen, Lena sah Einschusslöcher in den Häusern, leere Fensterhöhlen. Sie rannte den ganzen Weg zur Schule.

Auf den Gängen drängelten sich Schülerinnen und Schüler, schrien durcheinander, ein Lehrer schimpfte über den Lärm, zwei Kleine rangelten. Alles war normal. Hinten in der Klasse standen einige Mädchen in einem dichten Knäuel, kicherten. Lena trat zu ihnen, lachte mit, ohne zu wissen, worüber sie lachte. Zwei Reihen vor ihnen versuchte Marcel Michael über den Tisch zu ziehen.

Die Schraube bohrte sich langsam weiter in Lenas Bauch. Es war, als würden ihr Magen und ihre Gedärme um die Schraube gewickelt. Das war natürlich Unsinn, dennoch war das Gefühl sehr deutlich und schmerzhaft. Die Geografielehrerin hängte eine Karte der Balkanländer an die Tafel. Lena las die Namen: Slowenien, Kroatien, Bosnien, Albanien, Rumänien, Bulgarien, Mazedonien, Griechenland. Zu den wenigsten dieser Länder fiel ihr etwas ein. Griechenland war die Ausnahme, natürlich. Da gab es Bilder in ihrem Kopf. Die Bucht, wo sie im vorletzten Sommer geschwommen waren, die weißen Mähnen der Wellen, die ins Meer hinausritten, die gelben Blüten auf den Felsen, die glühend rote Bougainvillea, einen Turm, um den Tauben knatterten.

Die Stimme der Lehrerin holte sie zurück ins Klassenzimmer. In vieler Hinsicht, sagte sie, gleiche die jetzige Situation der vor dem Ersten Weltkrieg, man dürfe nicht den Fehler machen, vorschnelle Schlüsse zu ziehen. »Auch wenn es euch unsinnig vorkommt, will ich euch einen Satz von Karl Kraus sagen, der über die damalige Situation schrieb: *Wer jetzt etwas zu sagen hat, der stehe auf und schweige.* Das heißt aber nicht, wir dürften schweigen zum Elend der Menschen, das geht uns alle an.«

In der Reihe neben Lena hatte Vlatko die Ellbogen aufgestützt und biss in seinen Zeigefinger. Als er Lenas Blick bemerkte, drehte er sich wütend weg.

In der Pause verschwand er und kam erst mit Beginn der nächsten Stunde in die Klasse zurück, saß mit verschlossenem Gesicht und geradem Rücken auf seinem Platz.

Als Lena heimkam, war die Mutter dabei, die Fächer im Wäscheschrank mit neuem Papier zu bekleben. Tischtücher, Handtücher, Bettbezüge lagen auf dem Tisch, auf dem Sofa.

Die Mutter lächelte schief. »Du brauchst gar nichts zu sagen, Lena, ich weiß, wenn ich total verwirrt bin, räume ich die Schränke aus. Als könnte ich so Ordnung schaffen.« Plötzlich fiel ihr ein, dass sie schon wieder nichts gekocht hatte. »Hol doch irgendein Fertiggericht, bitte. Worauf du Lust hast. Ach ja, und Reis auch.«

Die Einkaufswagen im Supermarkt waren voller als

sonst. Anscheinend gab es auch andere Großväter, die in Krisenzeiten zuerst an Vorräte dachten. Die Frau an der Kasse hatte dunkle Ringe unter den Augen. Als der Computer einen Strichcode nicht annahm und sie die Nummer der Ware eingeben musste, vertippte sie sich zweimal. Sie sah aus, als würde sie gleich zu weinen beginnen.

Im Postkasten war wieder nur Reklame. Lena warf sie mit Schwung in den Altpapiercontainer.

Die Mutter hatte den Wäscheschrank eingeräumt, aber einzelne Stücke lagen noch herum. »Wir haben mehr als genug«, sagte sie. »Vielleicht siehst du deine Pullover durch. Es gibt bestimmt einiges, das wir verschenken könnten.«

Besonders den scheußlichen rosaroten Pullover, dachte Lena. Vor langer Zeit hatte sie Rosa geliebt, die Oma hatte ihr einen Pullover mit sehr kompliziertem Muster gestrickt. Als er fertig war, hatte Lena überhaupt nicht mehr verstanden, wie sie diese Farbe je hatte ausstehen können.

Sie füllten zwei große Papiertüten mit Kleidung und Wäsche. »Am besten tragen wir sie gleich weg, dann stehen sie nicht herum«, sagte die Mutter. »Es gibt eine Sammelstelle ganz in der Nähe.«

Auf dem Rückweg blieb die Mutter vor dem Schaufenster einer Boutique stehen und betrachtete eine weiße Strickjacke, dann schüttelte sie den Kopf und ging mit großen Schritten weiter.

Im Radio hörten sie, dass Flüchtlinge aus dem Kosovo, beim Versuch, die Grenze illegal zu überschreiten, festgenommen und abgeschoben worden waren. Sie waren aus Ungarn gekommen, das als sicheres Drittland galt. Die Mutter sprang auf, lief im Zimmer auf und ab. »Wie kommt man eigentlich dazu, sich für sein eigenes Land schämen zu müssen? Es stimmt schon, dass die Geschichte ständig lehrt, aber keiner achtet auf sie. Da hätten wir Gelegenheit, zu zeigen, dass wir dazugelernt haben, und was tun wir?« Sie blieb stehen, fuhr sich durch die Haare. »Trotzdem solltest du deine Hausaufgaben machen.«

»Ja.«

Die Mutter fuhr herum, sah Lena an, öffnete den Mund und sagte nichts.

Die Mathe-Lehrerin kam mit einem Stapel blau eingebundener Hefte. Lena hatte sich bei jedem einzelnen Beispiel verrechnet.

»Ich verstehe das nicht«, sagte Frau Huber kopfschüttelnd. »Die Ansätze sind richtig, und schon in der zweiten Zeile machst du Rechenfehler. Manchmal glaube ich, du kannst das kleine Einmaleins nicht!«

Wie Recht Sie doch haben, dachte Lena. Ich kann es herunterratschen, vorwärts und rückwärts, aber dann merke ich nicht, wenn ich sieben mal acht und acht mal acht verwechsle.

»Wenn du dir angewöhnen könntest die Ziffern ordentlich untereinander zu schreiben, würdest du dir einige Fehler ersparen«, fuhr die Huber fort. »Ich befürchte, wenn das so weitergeht, ist deine Versetzung gefährdet.«

Lena nickte. Das Wohlwollen im Gesicht der Lehrerin zerrann. »Ist das alles, was dir dazu einfällt?«

Was soll ich denn sagen? »Ich werde mich bemühen.«

»Tu das. Viel Zeit bleibt dir nicht mehr.«

Lena war entlassen. Nach der letzten Englischarbeit, die ebenfalls danebengegangen war, war sie nun wirklich in zwei Fächern gefährdet. Der Gedanke, es der Mutter sagen zu müssen, war alles andere als angenehm. Sie würde Lena Vorwürfe machen und sie würde sich selbst Vorwürfe machen. An das, was die Großmutter sagen würde, mochte Lena gar nicht denken. Omas Stehsatz in Bezug auf die Schule war immer: Was hätte ich dafür gegeben, ins Gymnasium gehen zu dürfen!

Lena wusch Salat, rührte die Kräutersoße an, die die Mutter liebte, deckte den Tisch. Sie wusste natürlich, dass sie versuchte gut Wetter zu machen, trotzdem war sie gekränkt, als die Mutter fragte: »Was hast du angestellt?«

Wie erwartet, hielt die Mutter zuerst einen Vortrag

darüber, dass Lena ihre Aufgaben nachlässig mache, dass sie sich allzu gern ablenken ließe und die Schule nicht ernst genug nehme. Dann folgten ihre Selbstvorwürfe, vor allem dass sie viel zu wenig Zeit für Lena habe. »Ich hätte nur gedacht, du wärst vernünftig genug, um einzusehen, wie wichtig die Schule ist. Du kannst ja jederzeit fragen, wenn du etwas nicht verstehst.«

»Ja.«

»Jetzt werde nicht frech! Dazu besteht wirklich kein Anlass!«

»Ich hab doch nur ›Ja‹ gesagt!«

»Aber wie du es gesagt hast . . . Was ich mir wieder von der Oma werde anhören können . . .«

»Musst du es ihr denn sagen?«

»Sie erfährt es spätestens, wenn du sitzen bleibst. Und dann wird sie sich noch viel mehr aufregen.«

»Ich bleibe nicht sitzen.«

»Dein Wort in Gottes Ohr.« Die Mutter schüttelte den Kopf. »Das läuft wieder ganz schief. Ich will doch nicht auf dir herumhacken. Meinst du, dass du Nachhilfestunden brauchst? Heutzutage bekommen ja die meisten Nachhilfeunterricht.«

»Ich werde es schon schaffen, ehrlich. Meistens sind es sowieso nur Flüchtigkeitsfehler.«

»Nur! Großzügigkeit ist gut und schön, aber sie entschuldigt keine Schlamperei.«

Jetzt kommt gleich der Hinweis auf meinen Schreibtisch, auf mein Zimmer im Allgemeinen, auf meine Handschrift, dachte Lena, und sie hatte Recht.

»Du brauchst gar nicht so unbeteiligt dreinzuschauen! Es geht um dich, Lena, um deine Zukunft!«

Konnte sie nicht endlich aufhören? Lena fühlte sich ohnehin elend genug. »Ich weiß, du willst nur mein Bestes!«

Die Mutter sprang auf, stürmte durch das Zimmer, blieb im letzten Moment vor Lena stehen, ließ die erhobene Hand sinken. Sie war offenbar über sich selbst erschrocken.

»Ich sag dir, du wirst erst verstehen, wie schwierig das alles ist, wenn du auch eine Tochter hast. Komm, gehen wir eine Runde durch den Park.«

»Ich muss doch lernen!«

Die Mutter seufzte. »Am Ende behauptest du noch, ich hätte dich am Lernen gehindert!«

»Aber sicher!«

Sie lachten miteinander, aber die Atmosphäre blieb gespannt.

Tags darauf war Großmutter schon da, als Lena aus der Schule kam. Lena beschloss ihr selbst zu sagen, dass sie in zwei Fächern gefährdet war. Irgendwie galt ihr das als Beweis für eine neue Selbstständigkeit.

Oma begann mit dem Hinweis darauf, dass Lenas Mutter immer eine gute Schülerin gewesen sei, aber sie hätte natürlich auch dafür gesorgt, dass ihre Tochter alle Aufgaben sofort und pünktlich erledigte, und überhaupt habe in ihrem Haus Ordnung geherrscht. Während ihrer Predigt rieb sie wütend an einem Fleck auf der Herdplatte. Sie war noch nicht fertig, als die Mutter die Wohnungstür aufsperrte.

»Mama, hast du vergessen, dass ich einmal eine Nachprüfung in Latein hatte?«

Oma wischte den Einwand weg. »Das war nach deiner Blinddarmoperation! Nimm sie nur in Schutz, du wirst schon sehen, wozu diese Verzärtelung führt! Das Leben wird anders mit ihr umgehen, wie soll sie sich denn bewähren, wenn sie es nicht rechtzeitig lernt? Ich bin froh, dass ich schon so alt bin und nicht mehr zuschauen muss, wie . . .«

Die Mutter unterbrach sie. »Mama, du wirst noch auf ihrer Hochzeit tanzen. Bitte red nicht so.«

Oma ließ sich nicht besänftigen. »Und überhaupt möchte ich wissen, mit welchem Recht sie anderen Menschen Vorwürfe macht, wenn sie ihre eigenen Pflichten vernachlässigt . . .«

»Was hat das eine mit dem anderen zu tun?«

»Man muss im Leben für alles bezahlen. Es gibt nichts umsonst«, erklärte die Großmutter.

Lena war wütend, aber sie schaffte es, den Mund zu halten. Plötzlich wechselte Großmutter das Thema. Die beiden Söhne ihrer Hausmeisterin, erzählte sie, seien wild entschlossen, sich freiwillig zur UCK zu melden. »Und die Frau des Jüngeren ist im siebenten Monat schwanger! Ich weiß nicht, wie oft ich mit

Emiene – unserer Hausmeisterin – in ihrer oder meiner Küche Kaffee getrunken, Rezepte ausgetauscht, über Gott und die Welt geredet habe. Vor einer Woche noch hätte ich gesagt, ich kenne sie gut. Und gestern sagt sie mir, natürlich gehen ihre Söhne in den Kampf für ihr Vaterland, und wenn sie dabei sterben, tun sie es als Helden! Gelächelt hat sie dabei und hinzugefügt, sie sei stolz auf die beiden und schäme sich nur, weil ihre Schwiegertochter den ganzen Tag heule. Ihr Mann ist nach einem Arbeitsunfall monatelang im Krankenhaus gelegen und vor drei Jahren gestorben, sie hat die Familie zusammengehalten, hat sich abgerackert und dafür gesorgt, dass die Buben etwas lernen. Der Jüngere hat erst vor ein paar Monaten die Gesellenprüfung als Werkzeugmacher mit Auszeichnung bestanden. Ein hübscher Kerl, und immer freundlich. Also mir wäre ein lebendiger Sohn allemal lieber als ein toter Held, Vaterland hin oder her. Ich erinnere mich noch, wie ich mit meiner Großmutter unterwegs war, und sie traf eine Frau, die ihr berichtete, dass nun auch ihr zweiter Sohn *auf dem Feld der Ehre gefallen* sei. Meine Großmutter sagte erschrocken: ›Mein herzlichstes Beileid!‹ Die Frau verbat sich jedes Beileid und sprach von *stolzer Trauer*. Wenn die Männer schon verrückt sind und glauben, sie müssen die Helden spielen, warum auch die Frauen? Die Emiene war immer der warmherzigste Mensch. Als ich Grippe hatte, hat sie mir Suppe gebracht und Kompott . . .

Und nun sagt sie, es wäre eine Schande für die ganze Familie, wenn die Söhne hier blieben und ihr Vaterland im Stich ließen. Aber die Frau und das Kind, die kann der Ältere im Stich lassen, und der Jüngere seine Freundin. Verstehst du das?«

»Nein«, sagte die Mutter. »Genauso wenig wie du.«

Oma nickte. »Ich weiß nicht, ob du dich erinnerst, aber wir beide hatten einmal eine wilde Debatte, als du ungefähr siebzehn warst. Du hast gewettert gegen Heimat und Treue und so weiter und hast gesagt, die Wörter haben die Nazis so beschmutzt, dass du sie nie in den Mund nehmen willst, und ich hab gesagt, das sind trotzdem Werte und ich fürchte mich vor einer Generation, die nichts davon wissen will. Jetzt denke ich, das Leben ist wichtiger, das Leben und die Verantwortung dafür.« Sie strich Lena über den Kopf. »Du wirst es schon schaffen«, erklärte sie, und Lena wusste nicht genau, ob sie das Leben meinte oder nur die Schule.

Sie hätte gern gefragt, ob ihre Großmutter immer noch glaube, dass irgendwann Schluss sein müsse. Ob sie immer noch glaube, dass die Vergangenheit nichts mit der Gegenwart zu tun habe. Die Mutter legte die Hand auf Omas Hand, ließ sie da liegen.

Manchmal bin ich froh, dass ich schon alt bin. Dabei ist es noch gar nicht so lange her, da war ich eifersüchtig auf alle, die jünger waren, hab oft gedacht, was aus mir geworden wäre, wenn ich dreißig Jahre später zur Welt gekommen wäre. Ich habe an den Fortschritt geglaubt und ich wäre jede Wette eingegangen, dass es in Europa nie wieder Krieg geben werde. Jetzt hab ich Angst. Diese Bilder im Fernsehen, die lösen Erinnerungen aus. Alles, was ich vergessen hatte. Vielleicht muss ich doch zum Arzt gehen und mir ein Schlafmittel verschreiben lassen. Die heiße Milch mit Honig hilft nicht mehr. Aber dann träume ich womöglich davon, ich weiß nicht, ob das am Ende nicht noch schlimmer wäre.

All die Tage, die ich mit Mama auf dem Bahnsteig gewartet habe, wenn wieder ein Heimkehrerzug angekündigt war. Die zerlumpten Männer, die so schrecklich gerochen haben. Aber das Schlimmste waren ihre Augen. Tote Augen. Jetzt verfolgen sie mich. Auf dem Rückweg war Mama immer böse. Ich dachte, sie wäre böse auf mich. Einmal kam ein Zug mit Häftlingen aus Mauthausen. Nein, an die will ich nicht denken. Wem nützt es denn? Niemandem.

Mein Kopf gehört mir nicht mehr, denk ich manchmal. Ob das schon die Verwirrtheit des Alters ist?

Unlängst habe ich einen Zehn- oder Elfjährigen zu einem anderen sagen gehört: Du hast ja einen Alzheimer! Überhaupt benutzen die Kinder heute Ausdrücke, die kenne ich selbst erst seit kurzem. Ehrlich gesagt, glaube ich nicht, dass sie deshalb viel klüger sind. Oder doch? Mit vielen Dingen gehen sie so selbstverständlich um, dass mir buchstäblich der Mund offen stehen bleibt. Die haben überhaupt keine Scheu vor Computern zum Beispiel, die werfen mit Chips und Bits und Festplatten und wer weiß welchen Wörtern um sich, von denen ich nicht einmal sicher bin, was sie bedeuten. Man kommt sich schon vor wie ein Dinosaurier. Gott sei Dank läuft heute ein alter Film im Fernsehen. Der wird mich auf andere Gedanken bringen . . .

Wie soll man Lena klar machen, dass Schule wichtig ist? Die sieht doch auch fern, liest Zeitung. Manchmal frage ich mich, ob es vielleicht doch besser war, Kinder von allem fern zu halten. Obwohl – das gelingt nie wirklich. Ist ihnen doch auch nicht gelungen, uns so unschuldig zu halten, wie sie glaubten. Je mehr sie vor uns versteckten, umso eifriger haben wir Informationen gesammelt und uns ausgetauscht. Dabei ist allerdings viel Mist in die Köpfe geraten, sehr viel Mist. Man könnte fast ein Leben damit zubringen, nur den Mist wegzuräumen, den man schon gesammelt hat, bevor man noch in die Schule kam. Was für ein Leben. Manchmal frage ich mich, was bleibt, was sie sagen werden nach meinem Begräbnis. Wahrscheinlich, dass ich den besten Streuselkuchen gebacken habe. Ich glaube, das wird der ganze Nachruf sein, den ich kriegen werde. Wenn ich es mir recht überlege, ist das gar nicht so schlecht.

In der Schule hatte Lena oft dasselbe Gefühl, wie wenn sie unter einer Hochspannungsleitung durchging. Sie spürte ein Knistern, das wie Gänsehaut über ihren Körper lief, wunderte sich fast, dass kein sirrender Ton über ihr schwebte. Die Serbinnen trugen die Köpfe höher als sonst, ihre Mienen waren abweisend, als müssten sie alle Vorwürfe von sich fern halten. Sie gingen immer zu zweit oder zu dritt über den Schulhof, sprachen kaum mit jemand anderem. In einer Pause spazierte ein schwarzer Vogel mit gelbem Schnabel über das Rasenstück hinter dem Haus.

»Schau, eine Amsel!«, rief eine aus der Parallelklasse. Zwei Kleine hielten im Gummihüpfen inne und fingen an zu singen: »*Amsel, Drossel, Fink und Star . . .*«

Branca ballte die Fäuste. Was hatte sie jetzt schon wieder? Ach ja, vom Amselfeld war im Fernsehen die Rede gewesen, das galt den Serben als Wiege der serbischen Nation, während es für die Albaner heiliges albanisches Land war. Branca hatte das harmlose Lied für eine Provokation gehalten. Zu viel Heiligkeit ist offenbar gefährlich für ein Land, dachte Lena.

An einem Donnerstag kam die Direktorin mit einer Albanerin in die Klasse, stellte sie vor und sagte, sie hoffe sehr, dass die Schülerinnen und Schüler dem Mädchen den Anfang in Wien leicht machen und ihr beim Erlernen der Sprache helfen würden. Es sei nicht genug, für Flüchtlinge Geld zu spenden, jetzt hätten sie Gelegenheit, zu beweisen, wes Geistes Kinder sie seien. Das Mädchen heiße Ganimet und habe unvorstellbar Schlimmes auf der Flucht durchgemacht, es sei wohl besser, sie vorläufig nicht danach zu fragen.

Ganimet bekam den Platz neben Veronika in der ersten Reihe zugewiesen. Sie saß mit vorgezogenen Schultern, sah aus, als friere sie, obwohl es heiß war im Klassenzimmer. Die Huber legte einen Stapel Bücher und Hefte vor Ganimet hin. Ganimet schüttelte den Kopf, sagte etwas, streckte beide Hände mit den Handflächen nach außen vor. Die Huber nagte an ihrer Unterlippe, dann sagte sie sehr langsam: »Du musst nicht bezahlen.« Sie wandte sich an Branca. »Sag du ihr das auf Serbisch, bitte. Sie kann doch bestimmt Serbisch.«

Ganimet berührte das oberste Heft mit einem Finger, als

erwarte sie, sich daran zu verbrennen. Die Huber nickte ihr aufmunternd zu. Als ein Bleistift vom Tisch rollte und auf den Boden fiel, zuckte Ganimet zusammen.

War es besser, in der Pause auf die Fremde zuzugehen, ihr die Hand zu reichen, sie auf den Schulhof zu führen? Oder wollte sie lieber in Ruhe gelassen werden, Zeit haben, sich umzusehen? Beim Läuten war Lena noch zu keinem Schluss gekommen.

Branca ging auf Ganimet zu, streckte ihr die Hand entgegen, sagte ihren Namen. Ganimet zögerte höchstens einen Lidschlag lang, dann ergriff sie Brancas Hand und schüttelte sie ernst. Branca legte den Arm um ihre Schulter und schob sie aus der Klasse. Später sah Lena die beiden auf dem Schulhof auf und ab gehen.

Auf neugierige Blicke reagierte Branca mit einem Heben ihres runden Kinns und der Andeutung eines Schnalzlauts. Was geht mich der Krieg an?, sagte ihre Haltung sehr deutlich. Es ist nicht mein Krieg.

Lena hätte Branca gern etwas gesagt, was, wusste sie nicht, einfach irgendetwas, um ihr zu zeigen, wie gut sie das fand, aber sie befürchtete das Falsche zu sagen, etwas, das Branca zu einer ihrer blitzschnellen Attacken herausfordern würde. Sie hielt ihr die Tür zur Garderobe auf, Branca verzog den Mund zu einem winzigen schiefen Lächeln, sagte etwas zu Ganimet. Sobald jemand Ganimet anschaute, wurden ihre Bewegungen fahrig. Wenn auf dem Schulhof einer von den Schülern sie versehentlich im Vorbeilaufen anstieß, bohrte sie die Nägel in die Handflächen. Lena fand es schwer, das Mädchen nicht anzusehen, noch schwerer, sich auf den Unterricht zu konzentrieren.

Einer von den älteren Schülern erzählte Judenwitze. Er redete so laut, dass man ihn meterweit auf dem Schulhof hörte. Mit ein paar Schritten war Lena bei ihm. »Hör sofort auf!«, schrie sie ihn an.

Er lachte, die Gruppe rings um ihn lachte, er erzählte ungerührt weiter. Lena hob die Hand und gab ihm eine schallende Ohrfeige. Er starrte sie an.

»Du spinnst!«, sagte er fast freundlich. »Hast wohl gar keinen Sinn für Humor, oder? Was geht das dich an, du bist doch keine Jüdin, dafür hab ich einen Blick!«

Lena stand da und starrte ihn an, suchte verzweifelt nach einer Antwort. Zuschlagen war bestimmt nicht die richtige Reaktion, aber sie hatte keineswegs die Absicht, sich zu entschuldigen. Er wartete, nach einer kurzen Pause zuckte er mit den Schultern, machte eine halbe Drehung und ging weg, gefolgt von seinen Zuhörern. Ließ sie einfach stehen.

Nein, dachte sie. Ich heule jetzt nicht. Sie hob das Kinn, straffte ihren Rücken, setzte sehr bewusst einen Fuß vor den anderen. Zwei Buben kicherten. Sollten sie nur. War ihr doch egal. Plötzlich spürte sie Blicke auf ihrer Brust, da wurde ihr klar, dass sie den Busen herausstreckte, wenn sie so ging. Sie schob die Schultern vor. So egal war es ihr auch wieder nicht, wenn sie angestarrt wurde. Leider.

Ein großer Blonder grinste zu ihr herüber, ein Neuer aus der Parallelklasse. Alex hieß er, nein, Axel. Sie machte ihr hochmütigstes Gesicht. Erst als sie längst wieder in der Klasse saß, fiel ihr auf, dass sie ein freundliches Lächeln für ein überhebliches Grinsen gehalten hatte. Dabei hätte ihr der Typ gefallen können. Ihr Pech.

Dann wurde sie auch noch in Mathematik an die Tafel gerufen. Es wunderte sie sehr, dass ihre Hände nicht feucht wurden, dass sie den Ansatz richtig aufschreiben konnte.

»Na, siehst du«, sagte Frau Huber und nickte dazu. »Du musst nur wollen.«

Manchmal funktionierte der Kopf, wenn man es am wenigsten erwartete.

In den Abendnachrichten zeigten sie wieder Flüchtlingstrecks, eine uralte Frau wurde in einer Plane über einen steilen Berghang geschleppt, eine Frau trug ein Baby, zog ein Mädchen hinter sich her. Es sah fast aus, als renke sie ihm den Arm aus. Dann kamen Bilder einer von Bomben zerstörten Brücke.

Die Mutter wickelte sich in ihre Jacke. »Bomben für die Menschenrechte«, sagte sie. »Ich kriege das nicht auf die Reihe. Es trifft doch immer die Falschen, oder? Hitler haben sie auch nicht erwischt. Trotzdem denke ich, man kann einfach nicht zulassen, dass wieder einer anfängt ganze Völker auszurotten und zu vertreiben. Wo bleibt mein Pazifismus? Viel war es ja nie, wovon ich fest überzeugt war, jetzt kommt mir das Wenige auch noch abhanden.« Sie legte den Arm um Lenas Schulter. »Ich sollte dich nicht mit meinen Zweifeln belasten.«

Lena rieb den Kopf an Mutters Arm. »Ich bin froh, wenn du mir nichts vormachst. Das halte ich nicht aus.«

»Übrigens – Viktor hat angerufen. Er meint, dass er in zwei, drei Monaten zurückkommt. Er sagt, er habe nachgedacht, und wir sollten es noch einmal versuchen.«

Wenn die Mutter mit »übrigens« anfing, kam danach immer etwas, das ganz und gar nichts Beiläufiges war. »Freust du dich?«

Vor einem Jahr wäre Lena der Mutter jubelnd um den Hals gefallen. Jeden Abend hatte sie stumme Bitten nach Westen geschickt. Papa, komm doch wieder.

»Ich weiß nicht, ob ich mich traue.«

»Was traue?«

»Mich zu freuen.«

»Ach, Schatz«, sagte die Mutter. »Ach, du mein Schatz. Meinst du nicht, wir könnten es schaffen?«

»Warum nicht?« Lena versuchte sich den Vater vorzustellen. Es gelang ihr nicht. Sie konnte ihn nur aus Wörtern zusammensetzen: braune Haare, hohe Geheimratsecken, schmales Gesicht, großer Adamsapfel, das linke Ohr etwas mehr abstehend als das rechte . . . Wörter. Hatten die Wörter die Erinnerung aufgefressen? Die Mutter streichelte Lenas Haare hinter die Ohren, zupfte sie nach vorn, strich sie wieder zurück. »Ich denke, wir könnten es schaffen, weil . . . weil wir nicht mehr glauben, dass man dann glücklich lebt bis an sein seliges Ende. Weil wir jetzt wissen, dass es das so nur im Märchen gibt. In der Wirklichkeit gibt es vielleicht sogar etwas Besseres.«

»Was?«

»Darauf zu vertrauen, dass es so etwas wie einen Neuanfang geben kann, was immer schief gegangen sein mag, dass es der Mühe wert ist . . . Nicht auf das große Glück zu warten, sondern für die kleinen Glücksmomente dankbar zu sein . . . Warum ist es so schwer, die richtigen Worte zu finden?«

»Das denk ich auch immer. Vor allem bei Prüfungen.« Die Mutter klopfte mit einem Finger an Lenas Stirn. »Miststück.«

Jetzt konnte Lena die Mutter umarmen. »Ich glaub, ich freue mich. Sehr sogar. Obwohl ich ziemlich wütend bin auf ihn, weil er nie schreibt.«

»Schreibst du ihm?«

»Das ist etwas anderes!«

»Aha!«, sagte die Mutter. »Wahrscheinlich fürchtet er sich ein bisschen, dass du böse bist auf ihn.«

Lena lachte. »Seit wann fürchten sich Eltern vor ihren Kindern!«

»Seit immer. In letzter Zeit kommt mir manchmal sogar der Verdacht, dass Oma sich auch fürchtet vor uns.«

»Sie doch nicht!«

»Doch. Sie auch.«

»Aber sie meint doch immer, dass sie Recht hat.«

»Sie muss so tun, gerade weil sie selbst nicht daran glaubt.«

»Erwachsene sind kompliziert.«

»Dafür sind Töchter in der Pubertät ganz und gar unkompliziert«, sagte die Mutter.

Erst als sie im Bett lag, fiel die Freude über Lena her, gemeinsam mit Erinnerungen an ihren Vater. Wo waren die versteckt gewesen in all den Tagen und Monaten? Gab es abgesperrte Dachböden im Kopf, verriegelte Keller, deren Türen plötzlich aufspringen konnten? Sie sah den Vater am Schreibtisch sitzen und eine Kette aus Büroklammern machen, sah ihn die Stiegen herauflaufen, immer drei Stufen auf einmal, sah ihn in der Küche stehen und Tomaten schneiden. Sah ihn bei ganz gewöhnlichen Alltagsdingen, nicht bei Geburtstagsfeiern, Weihnachtsfesten, Urlaubsfahrten, besonderen Gelegenheiten.

In zwei, drei Monaten würde er kommen. Im Badezimmer war gar kein Platz mehr für seine Sachen. Lena kicherte bei dem Gedanken, wie die Mutter anfangen würde ihre Tiegel und Tuben und Flaschen zur Seite zu räumen. Dann würde Lena wissen, dass es nicht mehr lange dauern konnte.

Hatte er sich einen Bart wachsen lassen? Oder einen Bauch? Braun würde er sein, bestimmt war er braun. Seine großen Schuhe würden im Vorzimmer stehen. Seine Zeitschriften würden überall herumliegen. Das Bad würde nach seiner Rasierseife duften.

Ich wusste gar nicht, wie sehr ich ihn vermisst habe. Aber schreiben werde ich ihm nicht. Außer natürlich, er schreibt zuerst.

Am nächsten Morgen war Lena nicht sicher, ob sie nur geträumt hatte oder ob ihr Vater wirklich zurückkommen würde. Die Mutter hetzte durch die Wohnung auf der Suche nach einem Zettel, auf dem sie einen Einfall notiert hatte, der garantiert die Lösung aller Probleme bei ihrem derzeitigen Auftrag bringen würde. Sie riss sämtliche Schubladen auf, verstreute Kuverts, Rechnungen, große und kleine Zettel, beantwortete und unbeantwortete Briefe auf sämtliche freien Flächen und schimpfte über das Chaos.

»Welche Farbe hat der Zettel, den du suchst?«, fragte Lena.

»Grün. Nein, Moment, das war ein gelber. Wenn er

nicht blau war.« Die Mutter verzog die Nase. »Ab morgen . . .«, fing sie an.

». . . wird hier Ordnung gehalten«, ergänzte Lena. »Ab morgen kommt jeder Zettel sofort in die Akte, wo er hingehört, und überhaupt wird Gleiches zu Gleichem sortiert, Rechnungen zu Rechnungen, Kochrezepte zu Kochrezepten, unausgegorene Ideen zu unausgegorenen Ideen, Einzelsocken zu Einzelsocken . . .«

Die Mutter warf einen Radiergummi nach ihr. »Aus meinen Augen, du missratene Tochter!«

Lena zog die Jacke über den Kopf, als wollte sie sich wirklich gegen einen Angriff schützen. Nicht immer gingen die mütterlichen Suchaktionen so gut aus, manchmal wurde sie tatsächlich böse. Und an den Tagen, an denen Oma kam, stopfte sie alles zurück in die Schubladen, bevor sie ging, und legte damit den Grundstein für schlimmeres Chaos.

Über Nacht war der Flieder aufgeblüht. Er duftete so stark, dass man es auch über dem Gestank der Auspuffgase riechen konnte. Auf einer Straßenlaterne saß ein schwarzer Vogel. Eine Krähe, ein Rabe oder doch eine Amsel? Vielleicht sollte Lena wieder einmal zur Augenärztin gehen. Sie war nicht sicher, ob es an ihrer Brille oder an ihren mangelnden Biologiekenntnissen lag, dass sie den Vogel nicht erkannte.

»Hallo, Lena!«

Sie drehte sich um. Axel kam auf seinen Inlineskates herangerast, bremste neben ihr.

»Das war echt gut«, sagte er. »Der Typ hat gar nicht gewusst, wie ihm geschieht. Ist die längste Zeit dagestanden, als hätte er einen Geist gesehen.«

Sie zuckte mit den Schultern, wollte nicht zeigen, wie sehr sie das Lob freute. »Also, ehrlich gesagt, hat er die Ohrfeige weggehabt, noch bevor ich überhaupt nachgedacht habe. Ich meine, eine Ohrfeige ist ja nicht gerade das beste Argument.«

»Immerhin ein schlagendes!«

»Das schon.«

Sie gingen jetzt in einem Pulk von Schülerinnen und Schülern, der Lärmpegel stieg mit jedem Meter.

»Wahrscheinlich tun wir das sowieso zu selten«, schrie Axel in Lenas Ohr, »ich meine, wir lassen solchen Typen viel zu viel durchgehen. Bloß weil einer dasteht und groß dahertönt, hat er noch lange nichts zu sagen. Aber irgendwie hat man Hemmungen, als Spielverderber zu gelten, oder als humorlos. Und dann heißt es ja gleich, du willst ein *Gutmensch* sein, oder *politically correct* oder was weiß ich, und man hat Angst, sich lächerlich zu machen.«

Lena nickte. »Ich finde es gemein, dass *Gutmensch* so ein Schimpfwort ist. Dann wäre ein *Schlechtmensch* total cool?«

Axel grinste. »Früher war Mensch ein nicht gerade

freundliches Wort für Mädchen. Meine Großmutter hat noch in der *Menscherkammer* geschlafen auf dem Bauernhof. Ist doch witzig, auf Englisch ist die Menschheit eine Mann-heit, auf Deutsch waren alle Menschen weiblich, jedenfalls im Dialekt.«

»Nicht Menschen«, korrigierte Lena. »Menscher!«

»I-Tüpfel-Reiterin«, sagte Axel. »In der Einzahl stimmt's, das musst du zugeben.«

»Aber mit unterschiedlichem Artikel! *Der* Mensch ist die Krone der Schöpfung, *das* Mensch ist eine Beleidigung.«

Sie wurden mit der Masse ins Schultor geschoben. Der Weg hätte ruhig länger sein dürfen.

Oma reagierte auf die Neuigkeit mit einem Achselzucken. »Ich hab's ja immer gewusst«, erklärte sie. »Viktor hat weggehen müssen, damit er zurückkommen kann.«

»Hauptsache, du hast wieder einmal Recht gehabt«, sagte die Mutter, aber es war keine Schärfe in ihrer Stimme.

Oma drohte ihr mit dem Finger.

Gleich nach dem Essen belegte die Mutter wieder sämtliche freien Flächen in der Wohnung mit ihren Papieren. »Das bekommt langsam Struktur«, behauptete sie.

»Und dafür hast du studiert«, stellte Oma fest. »Obwohl du schon mit drei Jahren ebenso viel Chaos anrichten konntest.«

»Wirkliche Ordnung kann nur aus dem Chaos entstehen«, sagte die Mutter.

Das zweite Mathematikbeispiel war völlig unverständlich. Was sollte sie da überhaupt berechnen? Lenas Blicke wanderten in die Krone des Kastanienbaums. Der rote Plastiklappen hing immer noch da.
Axel war richtig nett. Er war erst im letzten Jahr aus einer anderen Schule gekommen und war immer nur mit den hauptberuflich coolen Typen aus der Parallelklasse herumgezogen.
So kann man sich irren, dachte sie.
Es wäre durchaus nicht unangenehm, öfter mit Axel zu reden. Dumm war der nicht. Sie konnte sich auch vorstellen, ihn irgendwann anzurufen und zu fragen, ob er Lust hätte, mit ihr spazieren zu gehen. Aber nicht gerade heute.
Bei ihm wäre es wohl eher spazieren fahren, sie hatte ihn noch nie ohne seine Inlineskates auf der Straße gesehen.

»Hast du das gehört?«, fragte Oma. »Angeblich hat die NATO einen Flüchtlingstreck bombardiert.«
Die Mutter starrte sie an.
»Man weiß überhaupt nicht mehr, wem man glauben soll«, fuhr Oma fort.
Die Mutter nickte. »Wahrscheinlich keinem. Sie zeigen uns Ausschnitte, vom Ganzen haben wir keine

Ahnung. Dann sagen wir ›schrecklich‹, und ich gehe zurück zu meinen Bedarfserhebungen, als hinge der Weiterbestand der Welt davon ab, ob für das städtische Budget das Programmkino Vorrang haben soll oder der Schülertreff, und nebenher überlege ich, ob ich zu dem Termin beim Stadtrat den Hosenanzug anziehe oder doch lieber ein Kleid . . .«

»Wann hast du zum letzten Mal ein Kleid getragen?«, fragte Oma.

»Aber im Ernst: Bleibt uns denn etwas anderes übrig, als unsere Arbeit zu tun, so gut oder so schlecht wir eben können?«

Die Mutter stützte die Arme auf. »Erinnerst du dich an den alten Mann in Griechenland?«

»Da gab's viele alte Männer«, sagte Oma. Sie war heute irgendwie anders als sonst, fand Lena.

»Ich meine den – wie hieß er nur? Nicos? Pavlo? Sein Bruder hieß Christos, das weiß ich bestimmt.«

»Theodakis«, sagte Oma.

»Nein!«

»Doch. Du meinst den, der uns auf Ikaria in seinem Boot mitnahm.«

»Auf Andros!«

Lena lachte. »Ihr kommt mir vor wie in dem Sketch: Ein Ehepaar erzählt einen Witz!«

»Wir sind kein Ehepaar«, sagten Mutter und Großmutter gleichzeitig. Sie begannen im Duett sehr verwirrend zu erzählen, langsam klärte sich die Geschichte. Der alte Mann hatte während der Fahrt in eine felsige Bucht von seinem Bruder Christos gesprochen, der zur Zeit der deutschen Besatzung Freiheitsparolen an die Häuser seines Dorfes geschrieben hatte. Er wurde erwischt und zum Verhör geführt. Christos verstand kein Wort Deutsch, aber es war ihm klar, dass er damit rechnen musste, an die Wand gestellt zu werden. Nach mehreren Stunden fing er an zu lachen. Der Monolog des Offiziers riss ab. »*Lipon*«, sagte Christos, »also – du bist Deutscher und musst deine deutsche Arbeit machen. Ich bin Grieche und muss meine griechische Arbeit machen. Kann ich trotzdem eine Zigarette haben?« Der Offizier konnte ebenso wenig Griechisch wie Christos Deutsch. Er schüttelte den Kopf. Christos wiederholte seine Bitte. Plötzlich zog der Offizier sein Zigarettenetui aus der Tasche, bot Christos eine Zigarette an, zündete sich selbst eine an. Sie rauchten schweigend, dann öffnete der Offizier die Tür. »Geh«, sagte er.

»Warum?«, fragte Lena.

»Keine Ahnung«, sagte die Mutter. »Der alte Mann wusste es selbst nicht. Er erzählte nur, dass Christos lachen konnte wie kein anderer, als wäre das eine Erklärung, und dann fügte er hinzu: Er ist drei Jahre später im Bürgerkrieg ermordet worden. Schade, dass er keine Kinder hatte. Nach unserem Urlaub musste ich immer an diesen Christos denken, wenn ich das Wort *Arbeit* hörte. Dann hatte ich es vergessen – bis eben jetzt.« Sie faltete ihre Serviette, streifte sie glatt.

Oma stand auf, stapelte die Teller. »Kann man sich einen besseren Nachruf wünschen als dieses *Er konnte lachen wie kein anderer?* Das war überhaupt ein schöner Urlaub auf Ikaria.«

»Auf Andros!«, korrigierte die Mutter.

Zu Lenas Verblüffung sagte Oma: »Ikaria, Andros – auf einer Insel jedenfalls. Wenn ich malen könnte, würde ich die Gesichter malen, jedes Gesicht eine Geschichte.« Gemeinsam räumten Lena und Oma den Tisch ab. Oma hielt nichts vom Geschirrspüler, sie behauptete immer, bis sie ihn eingeräumt hätte, wäre sie auch mit dem Abwaschen fertig. Lena trocknete ab.

»Ziemlich verwirrend auf der Welt«, stellte Oma fest. Dem war wirklich nicht zu widersprechen.

Mitten in der Englischstunde überraschte es Lena, wie wenig vom Krieg die Rede war. Auch Branca, Vlatko, Ganimet und die anderen Schülerinnen und Schüler aus dem ehemaligen Jugoslawien redeten wie sonst, lachten, stritten, machten sich Sorgen um Schularbeiten und Tests, ärgerten sich, wenn eine Lehrerin die Pausenglocke hartnäckig überhörte. Sie hätte gerne mit jemandem darüber gesprochen, wusste aber nicht, wie sie es anfangen sollte. Die Meldungen aus dem Kosovo waren Alltag geworden. Nicht nur für die anderen, auch für sie selbst. Sie erschrak, wenn sie die Schlagzeilen sah – und ging zur Tagesordnung über. Oder, öfter, zur Tagesunordnung.

Nur noch aus Gewohnheit sah Lena beim Heimkommen im Postkasten nach, sie glaubte nicht mehr daran, dass Frau Greenburg ihr schreiben würde. Sie war nicht einmal sicher, ob sie noch darauf hoffte. Sie kam sich leer vor.

»Was gibt's?«, fragte Axel in der Pause. »Du schaust aus, als wärst du dabei, die Welträtsel zu lösen.«

»Nichts gibt's«, sagte sie weit unfreundlicher, als sie wollte.

»Sehr selbstsüchtig von dir, wenn du die ganze Weisheit für dich behalten willst. Aber bitte.« Axel wandte sich ab, schnürte über den Schulhof mit seinem wiegenden Gang.

Selber schuld, sagte sie sich. Selber schuld. Dann beklage dich bitte nicht, wenn keiner etwas von dir wissen will.

Das half auch nicht.

In einem Spinnennetz am Pfosten des Fahrradschuppens hing eine Fliege, wie eine Mumie in feinste Fäden verpackt.

Wie hieß der Mann noch, den Frau Greenburg einen

Heiligen genannt hatte? Kor. . . Der Zettel steckte hinter Lenas Ausweis in der Schultasche. Irgendwann würde sie in eine Buchhandlung gehen und nach ihm fragen.

Als sie die Wohnungstür aufsperrte, hörte Lena Töpfe klappern. Die Mutter war also entweder tatsächlich fertig geworden, oder sie hatte die Hoffnung aufgegeben, ihr Projekt je abschließen zu können.
Die ganze Wohnung duftete nach Zimt und Vanille.
»Jetzt kann ich mich endlich wieder um dich kümmern«, sagte die Mutter.
»Hilfe!«, stöhnte Lena. Sobald sie eine Arbeit abgegeben hatte, stürzte sich die Mutter mit ungeheurem Elan in das, was sie für ihre Mutterpflichten hielt, hörte Vokabeln und mathematische Formeln ab, wollte Hausaufgaben sehen, las Schularbeiten von der ersten bis zur letzten Zeile. Nach ein paar Tagen legte sich der Sturm meist.
»Freust du dich eigentlich?«, fragte Lena.
»Worüber? Dass ich mehr oder weniger fertig bin? Dass die Sonne scheint? Dass ich dich nicht mehr vernachlässigen muss?«
»Dass Papa kommt!«
»Ja . . . Doch, ich freue mich. Natürlich freue ich mich. Sehr sogar.« Besonders überzeugend klang sie nicht.
»Wovor hast du Angst?«, fragte Lena.
»Ich hab keine Angst. Das heißt, natürlich habe ich

Angst, man müsste ja taub und blind sein, um keine Angst in dieser Welt zu haben, und dann hätte man wahrscheinlich erst recht Angst, aber ich habe keine Angst um uns, glaube ich. Wir sind ja reifer und weiser geworden, alle drei, oder?«

Sie wartet auf eine Bestätigung, dachte Lena und nickte, das war offenbar nicht genug, aber mehr konnte sie nicht liefern. Die Mutter schob das Glas mit dem Kirschenkompott über den Tisch.

Immer wieder fiel Lenas Blick auf das Telefon. Ich könnte ihn doch anrufen und sagen, dass es nicht so gemeint war. Könnte ich. Ob ich auch will? Schon, aber . . .

Dieses Telefon schielt.

Als es läutete, erschrak sie. Der Sekretär irgendeiner Gemeinde wollte die Mutter sprechen. Sie kam mit Teigfetzen an den Händen aus der Küche gelaufen, hielt den Hörer zwischen zwei Fingern, aber ihre Stimme klang verbindlich und erfreut. Die Pausen zwischen zwei Arbeitsaufträgen wurden immer kürzer.

»Ich weiß, ich weiß«, sagte sie, nachdem sie aufgelegt hatte. »Aber es ist doch total unsicher, wann Papa hier wieder eine Stellung findet.«

Völlig lächerlich, zu glauben, ich müsste mich vor Lena rechtfertigen.

Sicher, wenn ich mich mit Arbeit zudecke, hilft es mir nicht gegen die Unsicherheit auf der Welt. Es stimmt auch nicht, dass ich geldgierig bin. Das bin ich nicht! Und übermäßig ehrgeizig bin ich wohl nicht. Ich befürchte nur, wenn ich eine Arbeit ablehne, habe ich zumindest diesen Auftraggeber vergrault, schließlich gibt es genügend arbeitslose Soziologinnen.

Es ist so schwer, das richtige Maß zu finden. Und außerdem freut es einen ja, wenn die Leute etwas von einem wollen. Ich glaube wirklich nicht, dass Lena zu kurz kommt. Ich würde ihr womöglich keinen Platz zum Atmen lassen, wenn ich ausschließlich mit ihr und dem Haushalt beschäftigt wäre. Klar, es gibt auch ein Mittelmaß zwischen zu viel und zu wenig, nur hab ich's noch nicht gefunden. Vielleicht liegt es wirklich an mir. Dieses ewige schlechte Gewissen. An bösen Tagen habe ich den Verdacht, dass ich gar nicht so anders bin als Mama. Ich mache Lena zwar weniger Vorschriften, aber ich hätte gern, dass sie freiwillig tut, was ich für richtig halte. Und das soll ein Fortschritt sein? Andererseits habe ich doch die Verantwortung für sie, ich kann nicht einfach zusehen, wenn sie in die Irre geht. Sie hat so eine Art, den Kopf schief zu legen, die mich wahnsinnig irritiert, das sieht unglaublich überheblich aus, so nach: Denkst du das wirklich?, oder vielleicht eher: Und damit möchtest du mir imponieren? Wenn sie das tut, kann ich die Lehrer verstehen, die am liebsten wie die alten Pauker sagen würden: Zuerst einmal leiste du etwas, dann kannst du dir ein Urteil erlauben. Wir sollen Vorbilder sein, heißt es. Das setzt voraus, dass wir Kinder nach unserem Bild haben möchten, Nachbilder. Doch was geschieht, wenn wir nur wissen, wie es nicht geht, nicht aber, wie es geht? Manchmal denke ich, wenn ich gewusst hätte, wie schwer es ist, eine Mutter zu sein, hätte ich mich nie getraut ein Kind zu bekommen. Dann denke ich wieder, wie dankbar ich bin, dass ich es nicht wusste. Sie bekommt nur die Kritik mit, die Nörgelei, sie weiß nicht, wie ich mich freue, wenn sie strahlend zur Tür hereinkommt, wie stolz ich bin, wenn sie ihre unbeantwortbaren Fragen stellt. Es wird gut sein, die Verantwortung wieder mit Viktor zu teilen, die Verantwortung, die Freude, die Wut, die Zweifel. Sagen zu können, wie schrecklich sie ist, und zu wissen, der andere hört gleichzeitig mit, wie lieb ich sie habe.

Komisch, jetzt, wo ich weiß, dass er bald zurückkommen wird, merke ich erst so richtig, wie sehr mir Viktor gefehlt hat. Wahrscheinlich konnte ich es vor mir selbst nicht zugeben.

Die Tulpen im Park stülpten ihre Blütenblätter nach außen, hellviolette Glocken lagen im Gras und auf dem Kiesweg, viele platt getreten. Lena hob ein paar Blüten auf, trug sie auf der flachen Hand, dann pflückte sie eine Pusteblume, blies die silbrigen Samen über die Wiese. Die Vorstellung machte ihr Spaß, dass im nächsten Jahr im gut frisierten Rasen gelbe Sonnen aufgehen würden.

Pärchen saßen auf den Bänken, gingen Hand in Hand auf den Wegen. Es kam Lena vor, als wäre die ganze Welt zu zweit unterwegs, *two-by-two*, wie es in einem Kinderlied hieß.

Nur sie latschte allein durch den Park, hörte die albernen Vögel, die sich so wichtig machten mit ihrem Geschrei und Getschilpe. Auf dem Blechdach des Pissoirs trippelten zwei Tauben. Die eine machte Anstalten, die andere zu besteigen, und bekam einen Schnabelhieb ab. Recht geschah ihr, nein ihm. Ausgerechnet auf einem Pissoir.

Ein Ball rollte Lena vor die Füße. Sie hob ihn auf, warf ihn auf den Spielplatz zurück.

Als Lena ihr Haus erreichte, waren die Glocken in ihrer Hand blass und verwelkt. Sie schloss den Postkasten auf. Da war ein Brief für sie, ein dicker Luftpostbrief mit drei kanadischen Marken. Sie warf die matschigen Blüten in den Mülleimer, stieg die Treppen hinauf. Die Wohnungstür war abgesperrt, die Mutter war also noch unterwegs. Lena ging in ihr Zimmer, setzte sich an den Schreibtisch, öffnete den Umschlag. Fünf Fotos fielen heraus. Lena mit karnickelroten Augen und feuchten Haaren, Frau Greenburg und sie auf dem Sofa im Hotelzimmer, einmal etwas verwackelt, einmal scharf, Frau Greenburg mit einer Katze im Arm vor einem weißen Holzhaus, ein Mädchen mit dunklen Locken und großen Augen an einen Flügel gelehnt, auf dem ein einziger Fliederzweig in einer schlanken Vase stand. Wer war das? Das Mädchen trug hohe Schnürschuhe, wie sie vor ein paar Jahren modern gewesen waren.

Der Brief war kurz. Die Katze sei ihr zugelaufen, schrieb Frau Greenburg, gleich nach ihrer Rückkehr. Sie habe eine böse Wunde am rechten Hinterbein gehabt, die mehrmals am Tag mit Salbeitee gebadet werden musste. Die Kratzer an ihren Armen seien immer noch nicht ganz verheilt, die Katze habe sich so wütend gewehrt, aber inzwischen hätten sie sich angefreundet, nur dürfe Frau Greenburg nicht mehr in ihrem Lieblingssessel sitzen, den beanspruche jetzt die Katze, die übrigens nur Cat heiße, es sei nicht richtig, einem Tier einfach einen neuen Namen anzuhängen, und fragen könne man eine Katze nun einmal nicht.

Ich bin froh wieder hier zu sein, aber inzwischen bin ich auch froh, dass ich nach Wien gefahren bin, obwohl es noch lange dauern wird, bis in meinem Kopf wieder Ordnung herrscht. Wenn du jemals nach Kanada kommen willst, steht dir die Tür hier weit offen. Ich hoffe, du bist nicht allergisch gegen Katzen!

Mit herzlichen Grüßen und guten Wünschen, deine Emma Greenburg.

Lena legte den Brief auf den Schreibtisch. Sie war irgendwie enttäuscht und traurig und wusste nicht recht, warum. Was hatte sie erwartet?

Frau Greenburg sah anders aus auf den Fotos. Das lag wahrscheinlich daran, dass die Bilder starr waren, Frau Greenburgs Gesicht aber ständig in Bewegung. Lena nahm ein Foto nach dem anderen in die Hand, betrachtete es. Jetzt erst sah sie die Schrift auf der Rückseite. *Für meine Freundin Lena* stand auf dem einen, *Zur Erinnerung an eine schöne Begegnung in Wien* auf einem anderen. Auf Lenas Foto hatte Frau Greenburg geschrieben: *Keine Angst, in Wirklichkeit bist du viel hübscher.* Lena drehte das Bild des Mädchens am Klavier um.

Das einzige wie durch ein Wunder erhaltene Bild meiner Schwester Ruth, Wien 1922–Treblinka 1942. In Wien wurde mir wirklich klar, was es bedeutet, dass ich ihr Leben fertig leben muss, ohne ihre Begabung, ohne ihre Möglichkeiten. Du sollst sie kennen lernen, darum habe ich das Foto für dich kopieren lassen. Es muss 1938 aufgenommen worden sein, ich erkenne unser Wohnzimmer.

Im Dunkel hinter dem Klavier war eine Glasvitrine zu erahnen, daneben ein Spiegel im geschnitzten Rahmen. Auf der schwarz polierten Fläche lag ein kleiner Teppich. Vorne waren zwei Fransen umgebogen.

Ruth also. Ein ovales Gesicht, dichte offene Locken. Sie blickte geradewegs in die Kamera, ernst, als erfülle sie eine Aufgabe. Die Finger der rechten Hand waren leicht gebogen, als übe sie im Kopf einen schwierigen Lauf. Sehr kurz geschnittene Nägel, muschelförmig. Lena lehnte das Foto gegen den Becher mit den Bleistiften.

Auf welchen Wegen war es nach Kanada gekommen? Eingenäht in den Saum eines Mantels, versteckt in einem Koffer? Hatte Frau Greenburg davon gewusst, hatte sie es später gefunden?

Schade, dass keine Noten auf dem Klavier lagen. Was hatte Ruth gern gespielt?

So braun waren auch manche der Fotos in Omas Album. Sepia. Ja, Sepia hieß diese Farbe. Omas Fotos hatten einen Zackenrand, ein runder Bogen, eine spitze Zacke, ein runder Bogen.

Waren Ruths Augen blau oder braun? Sehr dunkel auf jeden Fall, bestimmt nicht grau.

Ihr Leben leben. Wie konnte ein Mensch das Leben eines anderen leben? Und sein eigenes dazu?

Zwanzig Jahre alt war sie geworden. Vielleicht nur

neunzehn, je nachdem, wann sie Geburtstag hatte, wann sie ermordet worden war. Erinnerte sie Lena an Anne Frank, weil auch ihr Leben abgeschnitten worden war, bevor es seine vielen Möglichkeiten entfaltet hatte, oder war da wirklich eine Ähnlichkeit in den Gesichtszügen?

Lena sprang auf, öffnete das Klavier, spielte wieder die Sarabande von Händel. Anfangs drosch sie in die Tasten, dann übernahm die Musik die Führung, entkrampfte die Finger, löste den Knoten in Lenas Hals. Ihre Augen taten weh, als drücke jemand von innen die Augäpfel nach außen.

Sie begann Tonleitern zu spielen, aufgelöste Dreiklänge, Triller. Jede Tonleiter hatte ihren eigenen Charakter. Als sie spürte, wie ihr Nacken steif wurde und ihr Rücken schmerzte, merkte sie, dass sie mehr als eine Stunde lang geübt hatte.

Irgendwo in ihrem Schreibtisch musste der Bilderrahmen sein, den sie zum letzten Geburtstag bekommen hatte. Von wem eigentlich? In dem Durcheinander war wirklich nichts zu finden. Sie leerte eine Schublade nach der anderen auf den Teppich, spitzte Buntstifte, sortierte eingetrocknete Kugelschreiber aus, fand zwei Winkelmesser, drei Lineale, ihre Kamera, von der sie gedacht hatte, sie hätte sie bei der Großmutter vergessen, etliche eselsohrige Fotos, Kaugummi- und Bonbonpapier, Zettel mit Notizen, die ihr nichts sagten, Gummiringe, Spielsteine, zerrissene Halsketten,

Haarspangen, Origamipapier, fleckige Briefumschläge, einen einzelnen Ohrring. Du bist wahrhaftig die Tochter deiner Mutter, würde Oma sagen. Erst in der dritten Schublade lag der Bilderrahmen unter dem Vokabelheft, das sie vor Monaten vergeblich gesucht hatte. Es war eine schöne Einlegearbeit, ein geometrisches Muster aus rötlichem und schwarzem Holz, und er hatte die richtige Größe.

Lena putzte mit dem Zipfel ihrer Bluse den Staub vom Glas, öffnete den Rahmen, legte das Foto behutsam hinein, stellte es rechts auf den Schreibtisch.

»Wer ist das?«, fragte die Mutter später.

»Ruth.«

»Ein hübsches Mädchen. Sollte ich sie kennen?«

»Sie ist in Treblinka ermordet worden. Frau Greenburgs Schwester.«

Lena nahm das Bild, trug es zum Klavier. Das war ein besserer Platz für Ruth.

Die Mutter blickte von dem Foto zu Lena, von Lena zu dem Foto, dann schlug sie voro eine Runde spazieren zu gehen.

Sie liefen durch die Gassen, als sie den Park erreichten, schlenderten sie, blieben vor Blumenbeeten stehen, sahen zwei Eichhörnchen zu, die einander rund um eine Buche jagten, dann in großen Sätzen von Ast zu Ast sprangen. Die Mutter hakte sich bei Lena ein. Sie waren fast gleich groß.

Plötzlich sah Lena Axel. Er winkte im Vorübergleiten mit zwei Fingern. Seine langen Haare wehten hinter ihm her.

»Ganz schön schwierig«, sagte die Mutter ohne nähere Erklärung.

Mit weit ausholenden Armschwüngen verschwand Axel in einem Seitenweg.

»Meinst du, dass es zu kalt ist, um auf der Terrasse Eis zu essen?«, fragte die Mutter.

»Es ist nie zu kalt, um Eis zu essen.«

Sie versuchten sich einzubilden, dass die schrägen Sonnenstrahlen wärmten, wickelten sich in ihre Jacken, löffelten andächtig Eis mit heißen Himbeeren und spürten die Gänsehaut an Armen und Beinen auf und ab laufen wie Ameisen. Sie klapperten nicht mit den Zähnen.

Auf dem Heimweg liefen sie sich warm. »Wir sollten das öfter tun«, sagte die Mutter. »Einfach etwas tun, wozu wir Lust haben.« Diesen Satz hatte Lena schon das eine oder andere Mal gehört, aber sie nickte.

Später saßen sie mit untergeschlagenen Beinen jede in einer Ecke des Sofas, die Mutter blätterte in den Zeitungen, die sie während der letzten Wochen ungelesen aufgestapelt hatte, Lena las in ihrem Biologiebuch und hoffte, dass irgendetwas hängen bleiben würde.

»Eigentlich haben wir's doch gut«, stellte die Mutter fest.

»Eigentlich ja«, stimmte Lena zu. Aber eben nur eigentlich. Bevor sie ins Bett ging, nahm sie Ruths Bild in beide Hände, betrachtete das Gesicht, die verschatteten Augen, den großen ernsten Mund, die schmale Nase, die Haarsträhne, die in die Schläfe fiel. Nie würde sie wissen, was Ruth gedacht hatte. Sie stellte das Foto zurück aufs Klavier. Frau Greenburg hatte es ihr nicht ohne Absicht geschickt. Es lag eine Botschaft darin, vielleicht sogar der Beginn einer Antwort.

Als Lena Axel von ferne kommen sah, winkte sie ihm. Er bremste neben ihr ab.

»Du, es tut mir Leid wegen neulich. War nicht so gemeint«, sagte sie schnell.

»Was?«

Wusste er es wirklich nicht? Oder wollte er damit sagen, dass es ihm herzlich gleichgültig war, ob sie mit ihm redete oder nicht? Sie fühlte sich abgewiesen. »Ist ja egal«, sagte sie.

Er schüttelte den Kopf. »Das Wort kann ich nicht leiden. Wenn ich könnte, würde ich es verbieten.« Er schnippte mit den Fingern. »Meinst du, als du nicht sagen wolltest, welche Lösung du für die Probleme der Welt gefunden hast?«

»Für wie blöd hältst du mich?«, fragte sie.

»Du wirst lachen, ich halte dich überhaupt nicht für blöd. Auf jeden Fall für viel weniger blöd als die meisten. Ich kann mir nur nicht abgewöhnen zu fragen –

ich hab's versucht, ehrlich, ich weiß viel zu gut, wie lästig es ist –, aber ich kann gut damit leben, wenn man mir sagt, dass es mich nichts angeht.« Er sprach ungewohnt ernst, plötzlich ruderte er mit dem rechten Arm, drehte eine Pirouette, kam fast zu Fall, stützte sich im letzten Moment auf ihrer Schulter ab. »Du bist so absolut nicht cool«, erklärte er.

Sie zuckte mit den Schultern. »Wenn du meinst . . .«

»Das war ein Kompliment!«, rief er. »Ich hab einfach kein Glück mit meinen Komplimenten. Unlängst habe ich meiner Schwester gesagt, sie schaue gut aus, und was tut sie? Sie heult! Sie hat geglaubt, sie wäre dicker geworden.«

»Armer schwarzer Kater«, sagte Lena, dann fiel ihr ein, wie sie im Kindergarten *Armer schwarzer Kater* gespielt und dabei den anderen gekrault hatten, und sie wurde rot.

Die Buchhandlung lag nicht direkt an ihrem Heimweg. Die Sonne schien, die Entgegenkommenden hatten eine Art verwundertes Staunen auf ihren Gesichtern nach den langen Wolkentagen. Lena merkte, wie ihre Beine mit jedem Schritt weiter ausholten, ihre Arme freier pendelten.

Der alte Buchhändler schaute nur kurz auf, war offenbar sehr beschäftigt. Lena wanderte an den Regalen entlang, fuhr mit einem Finger über die Buchrücken. Kohut, Kristoff, Kundera las sie. Kein Korczak. Schade. Sie wandte sich zum Gehen. Der Buchhändler fragte: »Nichts gefunden?«

Als sie ihren Wunsch gesagt hatte, führte er sie zu einem anderen Regal, reichte ihr zwei Bände. Sie begann zu blättern, las sich fest.

»Die Jugend, wenn sie nicht spottet, verdammt und verachtet, will immer die mit Mängeln behaftete Vergangenheit verändern.

So sollte es auch sein. Und dennoch . . .

›Du bist jähzornig‹, sage ich zu einem Jungen. ›Nun ja, dann schlag nur zu, aber nicht zu fest; brause nur auf, aber nur einmal am Tag.‹ Wenn ihr so wollt, habe ich in diesem einen Satz meine ganze Erziehungsmethode zusammengefasst . . .

Schließlich, wenn das Leben Krallen erfordert, haben wir dann das Recht, die Kinder nur mit Schamröte und leisem Seufzen auszurüsten? Deine Pflicht ist es, Menschen großzuziehen, nicht Schäfchen . . .

Kinder lügen, wenn sie Angst haben und wissen, dass die Wahrheit nicht herauskommt. Sie lügen, wenn sie sich schämen. Sie lügen, wenn du sie zwingst, die Wahrheit zu sagen, die sie nicht sagen wollen oder sagen können . . .

Nach dem Kriege werden die Menschen einander lange nicht in die Augen sehen können, um nicht der Frage zu begegnen: Wie ist es möglich, dass du lebst, dass du davongekommen bist? Was hast du getan? . . .

Ich möchte gern bei Bewusstsein und bei voller Besinnung sterben. Was ich den Kindern zum Abschied sagen würde, weiß ich nicht. Ich möchte ihnen so viel sagen und es ihnen

so sagen, dass sie ganz frei sind bei der Wahl ihres We-
ges . . .
Ich wünsche niemandem etwas Böses. Ich kann das nicht.
Ich weiß nicht, wie man das macht . . .

Ich habe die Blumen begossen, die armen Pflanzen des Wai-
senhauses, eines jüdischen Waisenhauses. Die ausgedörrte
Erde atmete auf. Ein Posten sah mir bei der Arbeit zu. Ob
ihn diese meine friedliche Tätigkeit um sechs Uhr in der
Frühe wohl reizt, oder rührt sie ihn vielleicht?
Breitbeinig steht er da und schaut . . . Er hat einen Karabi-
ner. Warum steht er da und betrachtet mich so friedlich? Er
hat keinen Befehl.
Vielleicht war er im bürgerlichen Leben Dorfschullehrer,
vielleicht Notar, Straßenkehrer in Leipzig oder Kellner in
Köln?
Was würde er tun, wenn ich ihm zunickte? Freundlich
winken?
Vielleicht weiß er gar nicht, dass es so ist, wie es ist?
Vielleicht ist er erst gestern von weit hergekommen . . .«

Wie schön wäre es, neben diesem Menschen gehen zu
dürfen, ihm zuzuhören, ihm die Hand zu geben. Dieser Mann würde niemanden abspeisen mit Antworten, der würde alle Fragen einsammeln und sie
vorsichtig in seinen Händen halten, damit keine verloren ging. Lena sandte einen wortlosen Gruß über
den Atlantik, dankbar, dass Frau Greenburg ihr diese

Begegnung ermöglicht hatte, denn eine Begegnung war es geworden. Am liebsten hätte sie sich hingesetzt, mit dem Rücken an ein Regal gelehnt und weitergelesen. Sie zählte ihr Geld. Es reichte nicht einmal für eines der beiden Bücher.

Sie erwartete, dass der Buchhändler sie schief ansehen würde, eine Buchhandlung war ja kein Leseraum, aber er lächelte, als sie mit diesem elenden Knoten im Hals sagte, sie würde wieder kommen. »Korczak ist auch einer meiner Heiligen«, sagte er. »Er gibt einem den Glauben an das, was der Mensch sein könnte.«

Als sie aus dem Laden trat, sprang ihr die Sonne ins Gesicht. Sie blinzelte, ihre Augen begannen zu tränen. Zum zweiten Mal in so kurzer Zeit trauerte sie um einen Menschen, den sie nie gekannt hatte. Aber dieser Mensch hatte Bücher hinterlassen, die Zeugnis ablegten. Sie wunderte sich, woher diese altmodische Wendung in ihren Kopf gekommen war: Zeugnis ablegen.

Sie kämpfte mit den Tränen und schämte sich nicht. Sie ahnte, dass ihre Trauer nicht ihm galt, sondern ihrem eigenen Verlust, und der war unabhängig davon, dass er inzwischen weit über 120 Jahre alt wäre, wenn man ihn nicht ermordet hätte. Auf eine ganz seltsame, unverständliche Art standen der alte Arzt und die junge Pianistin nebeneinander in ihrem Kopf, sahen sie an, und in ihren Blicken lag eine Forderung, von der Lena wusste, dass sie ihr nie genügen würde, und die gleichzeitig ein Vertrauensvorschuss war, den ihr Frau Greenburg geschenkt hatte.

Die Mutter sortierte alte Fotos. Neben ihr lag ein Stapel Alben, alle halb voll mit vielen freien Seiten. Sie reichte Lena ein postkartengroßes Schwarzweißbild.

»Schau dir das an! Kannst du mich finden?«

Lena betrachtete das Klassenfoto. Die Vierte in der letzten Reihe mit den kurzen Haaren hätte die Mutter sein können, aber auch die in der Mitte der zweiten Reihe, die Einzige, die nicht artig in die Kamera lächelte.

»So brav waren wir gar nicht, wie wir da aussehen«, sagte die Mutter.

Lena entschied sich für das ernste Mädchen.

Die Mutter freute sich offenbar, dass Lena sie erkannt hatte. »Damals kam ich mir furchtbar hässlich vor. Ich war überzeugt, dass alle anderen Freunde hatten, nur mich würde nie einer anschauen. Schließlich habe ich einen Freund erfunden, einen älteren natürlich, und habe einer Freundin unter dem Siegel der Verschwiegenheit von ihm erzählt. Immer, wenn ich nicht weiter wusste, bin ich rot geworden, dadurch hat sie sich die Sache noch viel leidenschaftlicher ausgemalt. Sie hat es ihrer besten Freundin erzählt, die Geschichte machte die Runde und kam schließlich auch einigen Müttern zu Ohren, die haben dann ihren Töchtern den Umgang mit mir verboten. Ich kann dir sagen, der Freund ist mir ungeheuer lästig geworden, ständig musste ich neue Einzelheiten erfinden, zuletzt habe ich ihn nach Australien geschickt.«

Ihr Blick fiel auf die Uhr. »Warum sagst du mir nicht, dass wir längst gegessen haben sollten?«

»Du musst mich nicht trösten«, sagte Lena.

Die Mutter fuhr auf, fing plötzlich an zu lachen. »Es wäre riesig nett von dir, wenn du mir eine Gebrauchsanweisung gäbest.«

»Eine Gebrauchsanweisung?«

»Ja. Eine Gebrauchsanweisung für den Umgang mit dir.«

»Sag bloß nicht, du hättest je eine Gebrauchsanweisung gelesen und verstanden!«

»Hab ich auch nie behauptet«, erklärte die Mutter hoheitsvoll und ging in die Küche. »Übrigens – heute Nachmittag frage ich dich in Englisch ab.«

»Du bist rachsüchtig«, sagte Lena.

Seltsamerweise machte es dann sogar Spaß, mit der Mutter Englisch zu üben.

Stefanie schickte giftige Blicke herüber, sooft Axel in der Pause wie selbstverständlich neben Lena herging. Früher war Lena eifersüchtig auf Stefanie gewesen, die stets einen Pulk um sich versammelte, die ihre Haare zurückwerfen konnte wie kein anderes Mädchen, die so ungeheuer selbstsicher wirkte, dass Lena sich neben ihr immer blass und blöde vorgekommen war. Lena glaubte nicht, dass Stefanie wirklich an Axel interessiert war, sie konnte es nur nicht ausstehen, wenn einer ausscherte aus dem Rudel ihrer Bewunderer. Vielleicht bin ich unfair, dachte Lena. Dann bin ich eben unfair.

»Ich versteh das nicht«, sagte Axel. »Am Anfang hat mich der Krieg im Kosovo gar nicht besonders berührt. Und jetzt denke ich daran, auch wenn ich gar nicht daran denke. So als ob da ein Pegel langsam angestiegen wäre, ohne dass ich es bemerkt hätte. Kennst du dich da noch aus?«

»Nein, je mehr ich darüber höre und lese, umso weniger begreife ich.«

»Manchmal komm ich mir wirklich vor wie eine Marionette. *Puppet on a String*, weißt du. Wer da alles an den Fäden zieht, und meist merkt man es nicht einmal«, sagte er. »Würde ich das jemandem erzählen, hielte man mich glatt für verrückt.«

»Wahrscheinlich«, stimmte sie ihm zu. »Wenn ich dich nicht für verrückt halte, liegt es wohl daran, dass ich auch verrückt bin, oder?«

Seine Hand kam näher, knapp bevor er ihren Arm berührte, zog er die Hand zurück. »Join the club«, sagte er. »Meine Großmutter behauptet immer, dass der

Platz zwischen allen Stühlen der einzige für anständige Menschen ist. Unbequem, sagt sie, die Beine schlafen einem ein und der Rücken tut weh, aber die Gesellschaft ist gut. Und weißt du, worauf ich Lust hätte? Mit dir in die Disco zu gehen und zu tanzen, bis ich nicht mehr weiß, wo oben und unten ist.«

Lena nickte. »Und stattdessen latschen wir in die Klasse zurück und lassen uns die Fünfer auf die Englischarbeit aushändigen. So ist leider das Leben.« Sie hätte ihm gern von Korczak erzählt, aber sie war überzeugt, dass er selber die Sätze lesen musste, um zwischen, über und unter den Wörtern etwas von dem Menschen zu spüren, von seinem Atem, der sie beim Lesen gestreift hatte. Sie traute sich nicht zu Axel mit ihren eigenen Worten zu sagen, wie sehr sie sich darauf freute, diesem Mann in seinen Büchern zu begegnen. Aber Axel würde der Erste sein, der sie nach ihr lesen durfte.

Die Huber brachte den Stoß blau eingebundener Hefte in die Klasse und ließ sie verteilen, ohne die Einzelnen an den Pranger zu stellen, wie das manche Lehrer für notwendig und anspornend hielten. Lena wog ihr Heft eine volle Minute lang in der Hand, bevor sie es aufschlug. Als sie das »Gut« unter der Arbeit las, glaubte sie, ein falsches Heft erwischt zu haben. Aber das war ihre Schrift, eindeutig ihre Schrift.

Die Mutter strahlte. »Ich bin ja schwer in Versuchung, jetzt zu sagen: *Wir* haben ein ›Gut‹! Dabei habe ich mich so oft über andere Mütter lustig gemacht, von denen ich diesen Satz gehört habe. Wir müssen das feiern. Mist, heute kann ich nicht. Ich habe um drei einen Termin, der kann ewig dauern.«

Als die Mutter gegangen war, setzte sich Lena ans Klavier. In einer Woche würde ihre Klavierlehrerin aus Neuseeland zurückkommen. Lena stellte erstaunt fest, dass sie sich auf die Stunden freute. Sie nickte Ruth zu. »Schubert, okay?« Es war ihr überhaupt nicht peinlich, dass sie laut gefragt hatte.

Dieser Fingersatz war völlig unspielbar. Lena probierte andere Möglichkeiten aus, fand endlich eine, die ihr passte. Warum nicht gleich? Ihr linker kleiner Finger war ein Problem. Wenn sie einen Akkord anschlug, blieb der tiefste Ton zu schwach. Lena zwang ihren kleinen Finger mehr Druck zu geben und wunderte sich über ihren neuen Ehrgeiz. Aber das Impromptu nahm Gestalt an, begann zu singen, zu tanzen.

Lena breitete die Arme aus, streckte sich bis in die Fingerspitzen.

Ruth schaute ernst aus dem Bilderrahmen.

Auf der schwarzen Politur sah man jedes Staubkörnchen. Das hatte Lena noch nie gestört, aber nun holte sie ein Tuch und wischte das Klavier ab.

»Passt's so?«, fragte sie und hatte sofort das Gefühl, einen schlechten Scherz gemacht zu haben.

Ihr Blick fiel auf die Kamera auf dem Schreibtisch. Sie könnte doch Fotos für Frau Greenburg machen, der Film war lange nicht zu Ende.

Sie fotografierte die Kastanie vor dem Balkon, das Klavier mit Ruths Bild darauf, die Ampel im Vorzimmer, die Wohnungstür. Durch die Linse betrachtet, meinte Lena sie mit Frau Greenburgs Augen zu sehen, die Maserung im Holz, die Leisten, die Messingbeschläge. Sie fotografierte das Stiegengeländer, fotografierte vom obersten Treppenabsatz hinunter und von unten hinauf, fotografierte das Haustor, Herrn Kattners Geschäft und das ganze Haus von der gegenüberliegenden Straßenseite aus.

Im Fenster der Parterrewohnung lag eine Katze und starrte sie an. Alles, was sie fotografierte, hatte sie tausende Male gesehen, aber nun schien es auf einmal fremd. Ein struppiger Hund überquerte die Straße und hob das Bein am Prellstein in der Hauseinfahrt, sie fotografierte auch ihn. Der Film war zu Ende. Sie brachte ihn zum Entwickeln, freute sich, als ihr der nette Verkäufer sagte, sie könne morgen die Bilder abholen.

Mit dem Schlüssel in der Hand stand sie vor der Wohnungstür. In der Maserung des dunklen Holzes hob sich ein Kopf ab mit großen fransigen Ohren. War der immer schon da gewesen?

Hinter ihr klapperten schnelle Schritte. »Hast du deinen Schlüssel vergessen?«, fragte die Mutter.

Lena schüttelte den Kopf.

Als sie in der großen Pause unter dem einzigen Baum auf dem Schulhof standen, sagte Axel: »Gestern hab ich im Radio einen Satz gehört, der geht mir nicht mehr aus dem Kopf: *Die Wirklichkeit ist das, was sich der Mensch darunter nicht vorstellt.* Ich weiß nicht, wer ihn gesagt hat, weil meine Schwester in mein Zimmer kam und Krach schlug.«

»Bestimmt sehr klug, aber nicht sehr hilfreich«, stellte Lena fest. »Und zu hoch für mich.«

Axel hob ein Blatt vom Boden auf, zerrieb es zwischen zwei Fingern.

»Manchmal denk ich, in grauer Vorzeit hatten es die Menschen leichter. Da wurden sie nicht von den eigenen Gedanken aufgefressen.«

»Nein, nur von wilden Tieren«, sagte Lena. »Oder vom Hunger.«

»War wohl auch nicht so besonders angenehm«, stimmte Axel zu. »Und uns bleibt gar nichts anderes übrig, als in der Nachzeit zu leben, mit dem ganzen Müll, der sich seither angesammelt hat.«

»Aber auch mit den Schätzen«, sagte Lena.

Auf dem Heimweg von der Schule holte sie die Fotos

ab. Oma war dabei, die Grünlilien, den Hängephilo-
dendron und den Hibiskus umzutopfen. Sie redete
den Pflanzen gut zu, sie sollten sich nicht mit den
Wurzeln festkrallen, in der frischen Erde würden sie
es viel besser haben. Auf dem Herd köchelte Fisch-
suppe, im Backrohr begann ein Kuchen Farbe anzu-
nehmen. Der Tisch war gedeckt, in einer Vase stand
ein Zweig mit zartrosa Blüten.

»Ich muss mir nur noch die Hände waschen«, sagte
Oma. »Dann können wir essen.«

Lena ging in ihr Zimmer, breitete die Fotos auf dem
Bett aus. Sie war richtig stolz, als sie die Bilder betrachtete, jedes gestochen scharf, aber gleichzeitig war
da wieder dieses starke Gefühl der Fremdheit. Änder-
ten sich die Dinge schon dadurch, dass man sie abbil-
dete?

Plötzlich beugte sich Oma über sie. »Was hast du
denn da?« Sie nahm ein Foto nach dem anderen in die
Hand. »Musst du das für die Schule machen?«

»Nein.« Warum hatte sie nicht Ja gesagt? Damit hätte
sich Oma zufrieden gegeben. Jetzt würde sie weiter-
bohren. »Ich will sie Frau Greenburg schicken.« Lena
nahm die Fotos an sich.

»Wozu? Was hat sie davon?«

»Wenigstens die Bilder, wenn schon nicht die Sachen.«

Oma setzte sich neben Lena auf das Bett. »Wozu soll
das gut sein? Vielleicht will sie gar nicht erinnert wer-

den. Du siehst doch jetzt an so vielen Orten der Welt, wo es hinführt, wenn man anfängt zu sagen: Das hat einmal uns gehört, das muss wieder uns gehören.«

»Es kann doch nur sie entscheiden, ob sie erinnert werden will«, sagte Lena. »Sie wollte es sehen, vielleicht freut sie sich über die Fotos, wenn nicht, hat sie bestimmt einen Papierkorb.«

Oma nahm die Brille ab, rieb sich die Augen. »Es fängt doch meist nur neues Unrecht an, wenn einer allein versucht die Dinge zurechtzurücken. Oder eine allein, wie deine Mutter sagen würde. Glaubst du vielleicht, dass es möglich wäre, das Unrecht auf der Welt auszurotten? Das wächst doch nach, wie die Brennnesseln. Übrigens, ohne Brennnesseln gäb's keine Pfauenaugen.«

»Also, ich kann mir nicht vorstellen, dass Unrecht zu irgendetwas gut ist«, sagte Lena. »Im Gegensatz zu Brennnesseln.«

»Brennnesselspinat ist auch köstlich«, erklärte Oma. »Vom nächsten Ausflug werde ich welchen mitbringen, dann kannst du's selbst sehen.«

»Schmecken«, sagte Lena.

Stur wie ein Bock, diese Lena. Sie wird es tatsächlich noch schaffen, mir ein schlechtes Gewissen zu machen. Oder war das schlechte Gewissen immer schon da und hat nur auf eine Gelegenheit gelauert? Wie komme ich dazu, mich auf meine alten Tage mit solchen Fragen herumzuschlagen? Sie denkt zu viel. Also, ich könnte wirklich zornig werden, wenn ich mir überlege, wozu einen so ein Fratz zwingt. Mir hätten sie die Flausen ausgetrieben, und wie, wenn ich versucht hätte meine Mutter zu kritisieren, oder gar die Großmama. Auch später noch, als ich längst verheiratet war, hätte ich mich nicht getraut ihnen zu widersprechen. Und? War das etwa gut? Nein, wirklich nicht. Aber wie kann einem etwas gehören auf der Welt, wenn jeder bis Adam und Eva zurückgeht? Da war doch immer schon ein anderer vor einem da, der ein Recht auf die Dinge hatte. Oder ein Unrecht? Man kann einfach nicht bis in alle Ewigkeit alte Rechnungen präsentieren. So viel Geld gibt es gar nicht auf der Welt, um alle alten Rechnungen zu bezahlen.

Also, um fair zu sein, die Greenburg hat keine Rechnungen präsentiert. Lena ist es, die unbedingt zahlen will. Ob sie glaubt, dass sie dann ohne schlechtes Gewissen leben kann? Da steht ihr eine herbe Enttäuschung bevor. Ohne schlechtes Gewissen leben . . . Ich hätte auch so manches gern anders getan oder gesagt. Aber geschehen ist geschehen und keiner kann etwas ungeschehen machen. Höchstens . . . höchstens, dass wir vielleicht dem einen etwas anderes entgegensetzen können. Nicht, damit es aufwiegt, was in der einen Schale liegt, das geht nicht, aber es wäre immerhin ein Gegengewicht. Wo ist da der Unterschied? Könnt ich nicht sagen, aber es gibt einen.

Wie ist das mit dem alten Esel und den neuen Tricks? Vielleicht stimmt es doch, dass man nie auslernt. Schade nur, dass man so wenig anwenden kann von dem, was man dazulernt.

Da gab's doch ein Theaterstück, von Brecht, glaube ich, obwohl die Geschichte auch schon in der Bibel steht, ich wollte, der Satz fiele mir ein . . .

*D*ie Kinder den Mütterlichen, damit sie gedeihen«, sagte Oma in die Stille hinein. »Ich bin doch noch nicht ganz verblödet.« Lena sah sie verwundert an: »Was hat das mit den Brennnesseln zu tun?«

»Nichts«, sagte Oma. »Nichts, das ich erklären könnte. Ich hab nur weitergedacht.« Sie nahm die Fotos in die Hand, betrachtete sie einzeln, zeigte auf das Bild von Ruth. »Wer ist denn das?«

»Ruth.«

»Welche Ruth?«

»Die Schwester von Frau Greenburg.«

»Aber die kennst du doch gar nicht.«

»Leider nein.«

Oma tippte mit dem Fingernagel auf das Bild. »Was hättest du davon? Die wäre inzwischen älter als ich.«

»Darauf kommt es nicht an.«

»Worauf denn?«

»Wenn ich das wüsste . . .«

»Sehr hilfreich bist du nicht«, stellte Oma fest.

»Nein«, gab Lena zu. Ihre Mutter hatte das auch schon öfter gesagt.

Oma seufzte. »Schau, in Afrika – ich habe vergessen, in welchem Land – machen sie Figuren von ihren Ahnen und bringen ihnen Opfer dar, weil die Vorfahren sonst den Lebenden ziemlich gefährlich werden können.«

»Und?«, fragte Lena.

Oma sprang auf und rannte in die Küche. »Mein Kuchen verbrennt!«

Während sie noch aßen, kam die Mutter unerwartet früh nach Hause.

»Na?«, fragte sie. »Hat dich deine Enkelin wieder geärgert?«

»Könnte schlimmer sein«, sagte Oma. Sie kniff Lena in die Wange, ganz leicht, so wie früher. »Wenn man bedenkt, wie missraten meine Tochter war, bin ich mit meiner Enkelin gar nicht so schlecht dran.«

Lena grinste. »Erzähl mir von meiner missratenen Mutter«, bat sie.

Oma hob die Augen zum Himmel, faltete die Hände. »Als ob ich je so etwas tun würde. Du wirst schon noch sehen . . .«

»Ich weiß. Wenn ich erst einmal eine Tochter habe. Die wird übrigens Ruth heißen.«

»Damit kannst du dir ruhig noch Zeit lassen«, sagten Mutter und Großmutter im Duett.

Worterklärungen

Ablöse	Kaufpreis, der dem alten Wohnungsbesitzer zu zahlen ist
Backrohr	Backofen
Biskotten	Löffelbiskuits
Kinderverzahrer	Kinderfresser, der schwarze Mann, wörtlich Kinderverschlepper
Lavoir	Waschschüssel
Lehrausgang	Schulausflug
Patscherln	Kinderpantoffeln
Rollbalken	Rollladen
Stiege	Treppe
Tramway	Straßenbahn
Türstaffel	Türschwelle
Türstock	Türrahmen aus Holz
Vorzimmer	Wohnungsflur

Renate Welsh

Max, der Neue

Alles ist neu für Max: Die Eltern trennen sich, Max zieht mit der Mutter in eine neue Stadt und muss dort in der neuen Klasse seinen Platz finden. Unter den Mitschülern fühlt er sich zunächst gar nicht wohl – bis er in Valerie einen Menschen findet, zu dem er in dieser Zeit des Umbruchs Vertrauen haben kann. Beide, Valerie und Max, werden mit neuen Erfahrungen konfrontiert. Valerie muss sich Sorgen um ihre Großmutter machen, Max erlebt den Unfalltod eines ehemaligen Klassenkameraden. In ihrer Freundschaft finden Valerie und Max Trost und Stärke und kommen sich dadurch näher. Durch die Begegnung mit dem Tod gelingt es Max, sich mehr und mehr aus seiner Ichbezogenheit zu lösen, und er lernt mit seinem Vater über die Dinge zu sprechen, die ihn wirklich beschäftigen.

136 Seiten. Arena-Taschenbuch – Band 1960.
Ab 12.

Arena

Reiner Engelmann (Hrsg.)

GEGEN RECHTS
Texte
gegen den
Extremismus

Die Erscheinungsformen des Rechtsextremismus
reichen längst über das hinaus, was der
Verfassungsschutz registriert – bis weit in die
Gesellschaft hinein. Dieses Buch zeigt in Sach- und
erzählenden Texten, wie sich rechte Gewalt heute
äußert, und schildert u. a. die Gefahren der
Verbreitung rechtsextremistischen Gedankenguts
über das Internet und die rechte Musikszene.
»Gegen Rechts« fordert zur intensiven
Auseinandersetzung mit dem Thema und mit der
Situation von Opfern und Tätern auf. Mit einem
aktuellen Beitrag zur Ausstiegshilfe EXIT.

Arena-Taschenbuch – Band 2235. 144 Seiten. Ab 12

Als Klassenlektüre geeignet!

Arena

WILLI FÄHRMANN

Es geschah im Nachbarhaus

Willi Fährmann schildert, wie Ende des 19. Jahrhunderts
in einer kleinen Stadt am Rhein durch grundlosen Hass
und Vorurteile eine unschuldige Familie um ihre Existenz
gebracht wurde. Die Stadt wird aus ihrem Alltagstrott auf-
geschreckt – ein Kind ist ermordet worden. Weil man den
Verbrecher nicht sofort findet, wird von einigen Böswilligen
der Verdacht auf den jüdischen Viehhändler Waldhoff
gelenkt. Ein wahres Kesseltreiben beginnt, bei dem selbst
die Gutwilligen aus Feigheit schweigend zusehen. Nur ein
halbwüchsiger Junge wagt es gegen den Strom zu
schwimmen; er hält die unerschütterliche Freundschaft
zu dem Sohn des Verdächtigen.

Arena-Taschenbuch – Band 2500
176 Seiten. Ab 14

Arena